BASTEI
LÜBBE

Folgende Romane aus der Reihe ›Die Delaneys‹ sind bisher bei Bastei-Lübbe erschienen:

›Die wilden Jahre der Delaneys‹

58 500 Der stolze Falke
58 501 Der Glanz des Goldes
58 502 Silver, das Halbblut
58 503 Russische Nächte
58 504 Flammende Leidenschaft
58 505 Gezähmtes Herz

›Die wilden Frauen der Delaneys‹

58 506 Sydney – die Verführerin
58 507 Adelaide – die Ungezähmte
58 508 Matilda – die Abenteurerin

›Die wilden Männer der Delaneys‹

58 509 Burke – der Eroberer
58 510 York – der Unbesiegbare
58 511 Rafe – der Rebell

In Vorbereitung:

›Das Gold der Delaneys‹
58 512 Brennendes Verlangen

Die wilden Männer der Delaneys

Kay Hooper

RAFE – DER REBELL

Roman

Ins Deutsche übertragen
von Katharina Braun

BASTEI
LÜBBE

BASTEI-LÜBBE-TASCHENBUCH
Band 58 511

Erste Auflage: Juli 1991

Published by arrangement with Bantam Books,
a division of Bantam
Doubleday Dell Publishing Group, Inc.
Die Romane der Trilogie ›Die wilden Männer der Delaneys‹ stammen
aus der amerikanischen Taschenbuchreihe ›Loveswept‹

Deutsche Lizenzausgabe 1991
Bastei-Verlag, Gustav H. Lübbe GmbH & Co., Bergisch Gladbach
Originaltitel: Shamrock tinity: Rafe the Maverick
Lektorat: Katharina Woicke
Titelillustration: Pepe Gonzalez/Norma Agency, Barcelona
Umschlaggestaltung: Quadro Grafik, Bensberg
Satz: VID Verlags- und Industriedrucke GmbH & Co. KG,
Villingen-Schwenningen
Druck und Verarbeitung:
Brodard & Taupin, La Flèche, Frankreich
Printed in France
ISBN 3-404-58511-9

Der Preis dieses Bandes versteht sich einschließlich
der gesetzlichen Mehrwertsteuer.

Vorwort

Angeblich, so behaupteten sie jedenfalls, stammten die Delaneys von irischen Königen ab und waren daher mit vielen europäischen Adelsfamilien verwandt . . . Was natürlich schwer zu widerlegen war, da sich immerhin ein ganzer Ozean zwischen den Delaneys und ihren ›aristokratischen Verwandten‹ befand.

Zum Glück für die Delaneys.

Denn zuweilen erwähnte der alte Shamus auch andere Vorfahren – Viehdiebe, Halsabschneider und Schmuggler –, allerdings erst nach einer anständigen Portion irischen Whiskeys, der seine Zunge zu lockern und ihn zu derartigen Enthüllungen zu veranlassen pflegte. In nüchternem Zustand hingegen hielt er eisern an der Behauptung fest, adeliger Herkunft zu sein – und wehe dem, der es wagen sollte, seine Worte anzuzweifeln!

Sie waren schon eine ansehnliche Familie, die Delaneys: groß, kräftig und mit einem wachen Verstand und rascher Auffassungsgabe gesegnet. Fast alle hatten schwarzes Haar, aber ihre Augenfarbe variierte von grün bis himmelblau. Nur jeweils ein Delaney pro Generation wurde mit ausdrucksvollen schwarzen Augen geboren, die wütend funkeln oder den berühmten Delaney-Charme versprühen konnten, wenn sie lächelten.

Denn Charme besaßen die Delaneys, das war nicht abzustreiten, und daß sie ihr Reich eigenhändig geschaffen hatten, war ebenfalls offensichtlich. Aristokraten waren sie vielleicht nicht, aber wäre Arizona ein selbständiges Land gewesen, hätten die Delaneys als Könige darüber regiert.

Wie es sich auch immer um seine Herkunft verhalten mochte, Shamus Delaney zeugte starke Söhne, die ihren Kindern wiederum alle Eigenschaften vererbten, die zum Aufbau eines Empires gehörten. Sie verteidigten verbissen ihr Land und gewannen immer mehr dazu, bis ihr Reich sich schließlich über fünf Staaten erstreckte. Die verschiedensten Geschäfte wurden begonnen, einige beibehalten, andere aufgegeben. Und wann immer die Delaneymänner dazu aufgerufen wurden, griffen sie zu den Waffen und zogen in den Krieg.

Viele kamen nicht zurück.

In der ersten Generation verliebte sich ein Delaney in ein Apachenmädchen, und das Blut einer weiteren stolzen Rasse bereicherte die Erbmasse der Delaneys. Irgendwann vor der Jahrhundertwende heiratete eine Delaneytochter einen echten spanischen Granden, der sich auf eine königliche Abstammung berufen konnte. Sie verlor ihren Mann sehr jung, doch da ihre Tochter einen Cousin des Delaneyzweigs der Familie ehelichte, konnte sie sich nun tatsächlich mit königlichem Blut brüsten.

Sie waren vorsichtige, umsichtige Menschen, die Delaneys, und besaßen genug Sinn für Zusammenhalt, um den gelegentlichen Zwistigkeiten standzuhalten, die so viele große Familien auseinanderreißen. Zwar war auch ihr wirtschaftliches Wachstum den zu jener Zeit vorkommenden Schwankungen unterworfen, doch das sprichwörtliche Glück der Delaneys verließ sie nie, und so gelang es ihnen mit der Zeit, eine echte Dynastie in ihrem erwählten Land aufzubauen. Als Familienwappen und als Symbol wählten sie ein dreiblättriges Kleeblatt.

Sie waren eine gesunde Familie, vom Glück gesegnet, doch nicht unverwundbar. Kriege, Krankheiten und Unfälle forderten ihren Tribut und verringerten die Anzahl der Familienmitglieder beträchtlich. Schließlich gab es nur noch einen einzigen Delaneysohn, der das ausgedehnte Reich beherrschte, das die Familie aufgebaut hatte. Auch er folgte dem Ruf zu den Waffen und kämpfte in einem Weltkrieg, doch als es vorbei war, folgte er einem anderen – dem Ruf des Heimatlandes seiner Väter. Die Feststellung, daß auch dort der Name Delaney noch bekannt war und respektiert wurde, erfüllte ihn mit Stolz, und er begann das Land zu lieben, das seine Vorfahren hervorgebracht hatte.

Aber seine eigenen Wurzeln waren tief im fruchtbaren Boden von Arizona verankert, und irgendwann machte er sich auf den Heimweg. Er nahm eine Braut mit, eine echte irische Schönheit, mit schwarzen Augen und sanfter Stimme, und er schwor sich und ihr, die Delaneyfamilie von neuem zu vermehren.

In der Zeit, in der sein Land sich an ein Leben ohne Krieg gewöhnte und einen neuen wirtschaftlichen Aufschwung begann, machten Patrick Delaney und seine Frau Erin sich daran, ihre eigene Familie zu gründen. Drei Söhne wurden ihnen geboren: Burke, York und Rafe.

Während die Jungen aufwuchsen, wuchs auch das Empire der Delaneys. Patrick war ein geschickter Geschäftsmann, baute das, was seine Vorfahren geschaffen hatten, weiter aus, bis die Delaneys tausend Angestellte beschäftigten. Seine Investitionen in Bergbau und Aktien erwiesen sich als überaus lukrativ. Das alte

Stammhaus, Killara, machte dramatische Veränderungen durch und verwandelte sich in einen ausgedehnten, sehr wertvollen Besitz.

Als der einundzwanzigjährige Burke das College besuchte, waren die geschäftlichen Interessen der Delaneys bereits breit gestreut und äußerst komplex. Burke bereitete sich darauf vor, einen Teil der Familiengeschäfte zu übernehmen, während der neunzehnjährige York die High School abschloß und der siebzehnjährige Rafe jeden freien Augenblick auf der alten Shamrock-Ranch verbrachte – auf dem Rücken irgendeines Pferdes.

Dann schlug das Schicksal zu. Bei einer Reise nach Irland, zu einem schon viel zu lange aufgeschobenen Urlaub, kamen Patrick und Erin Delaney bei einem Flugzeugabsturz auf tragische Weise ums Leben. Sie hinterließen drei trauernde Söhne.

Drei Söhne . . . und eine Dynastie.

1

»Verdammt, Tom, halt seinen Kopf fest!« Rafe Delaney rappelte sich zum drittenmal vom staubigen Boden der Koppel auf und betrachtete stirnrunzelnd den ausschlagenden, schrill wiehernden schwarzen Hengst, den sie *Diablo* nannten – aus gutem Grund.

Es gelang Tom Graham, den Hengst an einen Pfosten im Zentrum der Koppel zu binden, obwohl das Pferd sich auf die Hinterbeine stellte und mit beiden Vorderbeinen nach ihm ausschlug. Tom, der von einem früheren Tritt noch ein wenig hinkte, durchquerte die Koppel und blieb neben seinem Boß stehen. »Lassen wir ihm Zeit, sich zu beruhigen«, schlug er vor. »Eine kurze Pause wird uns auch guttun. Es ist lange her, seit wir einen derartig wilden Hengst zureiten mußten.«

Rafe klopfte den Staub von seinen Jeans und nickte grimmig. Es war tatsächlich lange her. Heutzutage gab es sanftere Methoden, unerfahrene Pferde zu trainieren und auf einen Reiter vorzubereiten. Bis ein Satansbraten wie Diablo daherkam. Seit Wochen schon warf er Rafe mindestens zweimal am Tag ab. Und wenn es ihm nicht gelang, seinen Reiter loszuwerden, stellte er sich auf die

Hinterbeine und ließ sich einfach hintenüberfallen – eine lebensgefährliche Angewohnheit bei Pferden.

Rafe war kurz davor, es aufzugeben, und das war etwas, was ihm noch nie zuvor passiert war. Nur der Wert des Vollbluts als Zuchthengst hatte Rafe veranlaßt, dieses Pferd zu kaufen, mit dem in sechs Jahren niemand fertig geworden war. Falls es jedoch auch ihm nicht gelang, Diablo zu zähmen, war er nicht für die Zucht zu gebrauchen. Das Risiko, daß er seinen aggressiven Charakter auf seine Fohlen vererbte, war viel zu groß.

»Darf ich es einmal versuchen?«

Rafe drehte sich um und sah ein junges Mädchen auf dem Gatter hocken. Falls sie die Größe von ein Meter sechzig erreichte, hatte sie es nur den Absätzen ihrer Cowboystiefel zu verdanken. Ihre schlanken Beine steckten in engen Jeans, und eine weiße Baumwollbluse unterstrich, wie braun ihre Arme und ihr Gesicht waren. Ihr langes blondes Haar hatte sie zu zwei dicken Zöpfen geflochten, und ihr Gesicht war teilweise durch den breiten Schirm einer Schlägermütze verdeckt. Irgend etwas kam Rafe bekannt an ihr vor, aber er hätte nicht sagen können, was es war.

»Ich weiß nicht, wer du bist, Kind«, sagte er ungeduldig, »aber ich habe nicht vor, zuzuschauen, wie du dich umbringen läßt. Wenn du jemanden suchst . . .«

»So ist es.« Sie sprang vom Gatter, und Rafe sah, als sie auf ihn zukam, daß sie noch kleiner war, als er angenommen hatte. Sie blieb vor ihm stehen und schaute ihn aus tiefblauen, fast veilchenfarbenen Augen belustigt und eine Spur mißtrauisch an. »Ich suche Sie, Mr. Delaney. Ich bin Maggie O'Riley – und falls Sie mich nach der einmonatigen Probezeit akzeptieren, Ihre neue Trainerin.«

Rafe hörte, wie Tom verblüfft nach Luft schnappte, und auch er musterte verwundert die Frau, die vor ihm stand. Denn sie *war* eine Frau mit ihren sechsundzwanzig Jahren – Rafe erinnerte sich nun an ihr Bewerbungsschreiben und die begeisterten Empfehlungen anderer Züchter, die ihre Geschicklichkeit im Umgang mit Pferden betrafen. Und noch etwas anderes fiel ihm ein . . .

»Sie wirkten auf dem Jagdpferd im Madison Square Garden sehr viel größer, Miss O'Riley.«

Sie lächelte schwach. »Er war nicht so groß, wie er aussah.«

»Sie sind trotzdem viel zu klein«, entgegnete Rafe mit der Unverblümtheit, die ihn schon oft in Schwierigkeiten gebracht hatte.

Auch diesmal war es so.

Das Mädchen straffte die schmalen Schultern, und ihre veilchenfarbenen Augen maßen Rafe mit einem anklagenden Blick. »Ich hörte, Shamrock sei eine moderne Ranch, Mr. Delaney. Ich hätte nicht damit gerechnet, fehlender Zentimeter wegen abgelehnt zu werden. Zu Ihrer Information, Mr. Delaney: Ich bin mein Leben lang mit Pferden umgegangen, habe sie trainiert und auf Turnieren geritten, und ich bin nie zweimal vom gleichen Pferd abgeworfen worden. Und nicht etwa, weil ich nicht mehr aufgestiegen bin!« fügte sie spöttisch und mit einem vielsagenden Blick auf Rafes staubbedeckte Hose hinzu.

»Hey, hören Sie mal . . .« begann er in jenem leisen, gefährlichen Ton, der jedem, der Rafe kannte, eine Warnung war.

»Nein, hören *Sie*!« unterbrach Maggie ihn erbost. »Sie hatten mir einen Monat Probezeit versprochen, und die will ich auch haben. Sie können mich nicht ablehnen, bevor Sie mir eine Chance gegeben haben, mich zu beweisen. Und ich werde mit *diesem* Pferd beginnen!«

schloß sie und deutete mit dem Kopf in Diablos Richtung.

»Den Teufel werden Sie tun! Die besten Reiter im ganzen Südwesten haben sich sechs Jahre lang die größte Mühe mit dem Hengst gegeben, und da bilden Sie sich ein, *Sie* könnten ihn zur Räson bringen? Sie wären nicht einmal imstande, seinen Kopf hochzuhalten, und er würde Sie beim ersten Aufsteigen abwerfen wie eine Stoffpuppe!«

»Wetten Sie, Mr. Delaney?« fragte Maggie kühl.

Rafe starrte sie nur an.

Sie schaute zur gleißenden Mittagssonne auf und ignorierte sein Schweigen. »Entweder reite ich das Pferd bei Sonnenuntergang – oder ich gehe, und Sie können sich einen tüchtigeren, *größeren* Trainer für ihre Pferde suchen.«

»Einverstanden«, sagte Rafe prompt.

Maggie O'Riley nickte ernst. »Gut. Würden Sie ihn dann jetzt bitte absatteln?«

»Warum?« erkundigte Rafe sich mißtrauisch.

»Weil ich kein Pferd anrühre, das ein anderer gesattelt hat. Außerdem brauche ich einen Striegel und etwas Wasser.«

Rafes schwarze Augenbrauen schossen in die Höhe, aber dann zeigte er nur auf den nahegelegendsten in der langen Reihe von Ställen. »Links von der Eingangshalle. Bedienen Sie sich.«

Als Maggie mit dem Striegel und einem Eimer Wasser zurückkam, hatten Rafe und sein Vorarbeiter Diablo abgesattelt, allerdings nicht ohne beträchtlichen Aufwand an Schweiß und Flüchen.

Das große Pferd stand schweißbedeckt am Pfosten und scharrte zornig mit den Hufen im Staub. Als Maggie den Eimer Wasser über den Zaun hob und über das Gatter kletterte, versuchte Diablo wütend, den Pfosten, an dem er angebunden war, aus dem Boden zu zerren.

»Er gehört Ihnen«, bemerkte Rafe spöttisch.

»Wie heißt er?«

»Diablo – *Teufel*. Er hat den Namen verdient.«

Maggie bedachte Rafe mit einem kühlen Blick, hob den Eimer auf und ging langsam auf das große Pferd zu. Je näher sie dem Tier kam, desto kleiner erschien sie Rafe. Der Kontrast zwischen mehr als einer halben Tonne gebündelter Kraft und den hundert Pfund, die Maggie mit etwas Glück auf die Waage brachte, war einfach lächerlich, und von neuem erwachten Bedenken in Rafe.

»Halte dich bereit, Tom, falls er angreift«, sagte er rasch zu seinem Vorarbeiter. »Das verdammte Biest wird sie umbringen!« Der alte Mann und Rafe bereiteten sich auf einen raschen Eingriff vor, um die zierliche Frau davor zu bewahren, von eisenbeschlagenen Pferdehufen zertrampelt zu werden . . .

Maggie stellte den Eimer außer Reichweite des Hengstes ab und näherte sich ihm dann langsam, aber beständig. Diablo wieherte schrill und schlug mit den Vorderhufen aus, aber Maggie zögerte keinen Augenblick. Nur wenige Schritte von ihm entfernt blieb sie reglos stehen. Der Hengst begann sich zu beruhigen. Das Weiß in seinen Augen war zwar noch zu sehen, und auch seine Ohren zuckten nervös, aber er schien die zierliche Frau, die vor ihm stand, aufmerksam zu betrachten. Die beiden gespannt wartenden Männer schauten verblüfft zu, wie sie leise auf das Tier einsprach. Sie wechselten einen erstaunten Blick, um ihre Aufmerksamkeit dann wieder auf die Koppel zu richten.

Maggie rührte sich fast eine halbe Stunde lang nicht vom Fleck. Ihre Geduld war unglaublich. Erst als das Pferd sich völlig beruhigt hatte, trat sie einen Schritt näher und ging schließlich entschlossen auf den Hengst zu. Diablo machte einen halbherzigen Versuch, nach ihr zu schnappen, aber sie wich ihm geschickt aus. Mit dem Striegel begann sie behutsam sein Fell zu bearbeiten und sprach ununterbrochen zärtlich auf ihn ein.

Sie striegelte den Hengst vom Nacken bis zum Rumpf, bevor sie den Eimer holte und Diablo etwas Wasser trinken ließ. Das Ritual wurde noch zweimal wiederholt, und jedesmal blieb Diablo ganz ruhig stehen. Er hatte aufgehört, die Augen zu verdrehen, und das Weiße um seine Pupillen war nicht mehr sichtbar.

Schließlich band Maggie das Pferd los und führte es langsam durch die Koppel, bis das Tier sich abgekühlt hatte und der Schweiß auf seinem Fell getrocknet war.

Die beiden stumm zuschauenden Männer waren nun entspannter, obwohl beide noch immer auf blitzschnelles Eingreifen vorbereitet waren. Ihnen war bewußt, daß ein Hengst eines der gefährlichsten, unberechenbarsten Tiere der Erde sein konnte. Vor allem dieser hier . . .

Aber während sie warteten, den ganzen, heißen Nachmittag lang, wurde immer offensichtlicher, daß Diablo – aus welchem unverständlichen Grund auch immer – beschlossen hatte, seinen stolzen Kopf lieber vor einer Frau zu beugen als vor einem Mann. Unter Rafes und Toms verblüfften Blicken stubste der Hengst Maggie sogar zärtlich an, als sie den verhaßten Sattel auf seinen Rücken schnallte.

Eine gute Stunde vor Sonnenuntergang schwang Maggie sich anmutig in den Sattel und führte das große Pferd mühelos im Kreis durch die Koppel. Diablo legte ärgerlich die Ohren zurück, wenn sie an den Männern vorbeikamen, aber ansonsten war er ein Musterbeispiel ruhigen Gehorsams.

»Boß«, sagte Tom gedehnt, »hatten Sie sie nicht eingestellt, damit sie die neuen Dressurpferde trainiert, die Sie gekauft haben?«

Rafe, der selbst ein viel zu guter Reiter war, um Maggie ihre Geschicklichkeit zu neiden, schaute ihr bewundernd zu. »Ja«, antwortete er. »Ich habe sie in New York Jagd- und Dressurpferde reiten sehen, und als ich mich nach einem Trainer umhörte, wurde mir Miss O'Riley empfohlen. An der Ostküste gehört sie zu den besten Turnierreitern, und sie hat schon sämtliche bekannten Gestüte vertreten. Ihrem Bewerbungsschreiben zu entnehmen, hat sie beschlossen, das Turnierreiten aufzugeben und einen festen Job als Trainer anzunehmen.« Er grinste seinen Vormann plötzlich an. »Ich glaube, wir haben ein gutes Geschäft gemacht, Tom.«

Tom grinste zurück. »Dann werden Sie aber klein beigeben müssen, Boß.«

»Als ob ich das nicht wüßte! Sie hat mir bewiesen, daß ich im Irrtum war. Wenn sie mit diesem Satansbraten umgehen kann, wird sie auch mit allen anderen Pferden fertig, die wir haben. Sie kann es sich leisten, stolz zu sein.«

Aber das war Maggie nicht. Als sie endlich aus dem Sattel glitt, sagte sie nur: »Ich bringe ihn selbst in den Stall.«

»Hier entlang«, sagte Rafe. Tom öffnete das Gatter, und Rafe ging zu Diablos Box voran. Schweigend schaute er zu, wie Maggie den Hengst absattelte und versorgte. Sie wirkte immer noch lächerlich klein und zart neben dem großen Pferd, aber Rafe hatte seine Lektion gelernt: Sie war größer, als sie aussah.

»Miss O'Riley«, sagte er förmlich, sobald Diablo zufrieden sein Heu zu kauen begann, »wenn Sie immer noch für einen hitzköpfigen Iren arbeiten wollen, haben Sie einen Job. Auf die Probezeit können wir – glaube ich – verzichten.«

Maggie sah ihn ruhig an, ein Zeichen, daß ihr Zorn so rasch verflog wie sein eigener. »Ich bin auch Irin, Mr.

Delaney, und irgendwann in grauer Vorzeit bedeutete der Name O'Riley ›kriegerisch‹. Ich bin bereit, anzunehmen, wenn Sie es sind.«

Sie schüttelten sich ernst die Hände, dann lachten beide.

»Ich bin Maggie«, sagte sie.

»Und ich Rafe. Die Formalitäten ersparen wir uns hier. Ich freue mich, dich hier zu haben, Maggie.«

»Ich glaube, ich freue mich auch«, erwiderte sie zögernd.

Rafe verzog das Gesicht. »Mein großer Mund. Aber du mußt zugeben, daß du wie ein Kind aussahst, als du auf dem Zaun hocktest.« Als Maggie die Augen verdrehte, fügte er hinzu: »Das hörst du wahrscheinlich nicht zum ersten Mal.«

»Ich höre es andauernd.« Sie bemühte sich, ihren neuen Chef einzuschätzen, ihren eigenen Eindrücken nach und demzufolge, was sie über Rafe Delaney und die Shamrock-Ranch gehört hatte. Während sie zum Haus hinübergingen, hörte sie nur mit halbem Ohr auf seine Beschreibung des Umfangs der Ranch. Sie wußte ohnehin Bescheid darüber, denn bevor sie sich um den Job bewarb, hatte sie sich eingehend über Shamrock informiert.

Auch über Rafe Delaney hatte sie einige Nachforschungen angestellt. Er war, im wahrsten Sinne des Wortes, ein Drittel einer Dynastie. Es wurde behauptet, die Delaneybrüder besäßen nur deshalb nicht ganz Arizona, weil einer ihrer Vorfahren einen Großteil davon beim Pokern verloren hatte, kurz vor Ausbruch des Bürgerkrieges. Die etwas schlaueren – und glücklicheren – Vorfahren dieses lasterhaften Delaneys waren mit ihren Planwagen quer durch Amerika gezogen, immer auf der Hut oder im Kampf gegen angriffslustige Indianerstämme, um sich schließlich in ein Land zu verlieben, das so völlig anders war als das Land ihrer Väter.

Heute stellten die Nachkommen dieser Delaneys eine echte Dynastie dar. Es gab nur noch drei Brüder, soviel wußte Maggie inzwischen. Burke war mit sechsunddreißig der älteste. Er kontrollierte die Finanzen der Unternehmen. York, mit vierunddreißig, kümmerte sich um die Öl- und Bergwerksinteressen der Familie. Der zweiunddreißigjährige Rafe schließlich war im ganzen Land bekannt für seine exzellente Pferdezucht, die Vollblüter, Araber und Westernpferde hervorbrachte.

Alle drei Brüder waren ledig.

Maggie betrachtete ihren neuen Arbeitgeber verstohlen von der Seite, als sie zum Wohnhaus der Ranch hinüberschlenderten. Die anderen beiden Delaneybrüder hatte sie nie gesehen, aber Rafes Gesicht verriet nur zu deutlich die Einflüsse verschiedenster Rassen. Irisches, mexikanisches und indianisches Blut floß in seinen Adern und verlieh ihm das Aussehen eines schönen Zigeuners. Sein schwarzes Haar war dicht und eine Spur zu lang, eine widerspenstige Locke fiel ihm in die Stirn. Breite, wohlgeformte Augenbrauen überschatteten glänzende, tiefschwarze Augen, deren leises Funkeln Humor und Draufgängertum verrieten.

Seine Nase mußte er einmal gebrochen haben, denn sie war ein bißchen krumm, und sein Lächeln . . . Sein Lächeln, dachte Maggie, könnte einen Eisberg zum Schmelzen bringen! Er hatte die hochangesetzten Wangenknochen und bronzefarbene Haut seiner indianischen und mexikanischen Vorfahren, und die breitschultrige, sehnige Gestalt eines aktiven Mannes, der bei seiner Arbeit jeden einzelnen seiner Muskeln betätigte.

Und seine Hände . . .? Er hatte schöne Hände, mit langen, schmalen Fingern, stark und anmutig. Hände, dachte Maggie, die mit einem neugeborenen Fohlen ganz sanft umgingen, bei einem starken Hengst entschieden zupackten, und eine Frau bestimmt sehr zärtlich zu berühren wußten . . .

Diesen letzten Gedanken allerdings verbannte sie ganz entschieden aus ihrem Kopf.

Was Rafes Persönlichkeit betraf, so hatte sie einiges gehört und sich anderes dazugereimt. Seinem Ruf zufolge war er ein passionierter Reiter, der eine Engelsgeduld für seine Tiere aufbrachte und für die Menschen, die bei ihm angestellt waren. Sämtlichen Berichten nach ›kümmerte‹ Rafe sich um seine Leute, wie es schon immer Sitte bei den Delaneys gewesen war.

Rafe schien auch genügend irisches Blut mitbekommen zu haben, um ein beträchtliches Talent zum Schmeicheln zu besitzen. Er hatte die tiefe, melodische Stimme des geborenen Charmeurs, und wenn er in den letzten fünfzehn Jahren nicht eine beachtliche Anzahl Herzen gebrochen hatte, dann kannte Maggie ihre Geschlechtsgenossinnen nicht.

Bei ihrer ersten Begegnung mit ihm hatte er einen schnell zu weckenden Zorn verraten, der zwar rasch verflog, aber nichtsdestoweniger gefährlich war, solange er anhielt. Maggie hatte auch gehört, daß Rafe über jeden Witz lachen konnte, der ihn selbst betraf, aber gereizt wie ein Stier reagierte, wenn jemand eine ungeschickte Bemerkung über seine Brüder machte.

Doch sobald der Kampf beendet war, half Rafe, seine Feinde zu verbinden und lud zu einer Runde Drinks ein, um zu beweisen, daß er nicht nachtragend war. Hitzköpfig war er sicher, aber Maggie hatte auch von seiner Großzügigkeit und Güte gehört. Er war einer jener Männer, die von Kindern und Tieren verehrt, von anderen Männern geschätzt und von Frauen angebetet wurden.

Ein anderes Gerücht besagte, daß Rafe im Laufe seines

Junggesellendaseins eine beträchtliche Anzahl gebrochener Herzen im ganzen Land hinterlassen hatte – anderen Gerüchten zufolge sogar in Europa, wo er nach dem Collegeabschluß einen ganzen Sommer verbracht hatte. Es hatte ihm den Ruf eingebracht, ein hemmungsloser Don Juan zu sein. Maggie hatte zwar nichts von Skandalen erfahren können, aber Rafe schien sich doch einige Male in äußerst kompromittierende Situationen gebracht zu haben. Allerdings war es ihm immer gelungen, einer Heirat aus dem Weg zu gehen.

Maggie konnte sich gut vorstellen, wie charmant er war; und vermutlich gingen ihm tränenreiche Vorwürfe sogar sehr zu Herzen. Aber die Tatsache blieb, daß Rafe ein potentieller Herzensbrecher war und daher eine Gefahr für jede Frau, die dumm genug war, ihn ernst zu nehmen.

Auf professionellem Gebiet hingegen konnte Rafes Ruf nicht besser sein. Maggie kannte drei verschiedene Pferdezüchter, die Rafe aufrichtig mochten, seine seltenen Besuche auf ihren Ranches sehr begrüßten, und ihm blind vertrauten. Und doch sorgte jeder dieser Männer dafür, daß seine Tochter sich nicht in der Stadt aufhielt, wenn Rafe seinen Besuch ansagte. Nicht aus mangelndem Vertrauen, schworen alle drei, nur war Rafe Delaney eben charmant genug, dem Teufel seine Hörner abzuschwatzen – und Töchter waren manchmal etwas töricht . . .

Wieder betrachtete Maggie verstohlen Rafes markantes, sogar eine Spur arrogantes Profil. Aber ein humorvolles Lächeln spielte um seinen Mund und funkelte in seinen dunklen Augen. Seinen Bewegungen haftet eine unglaubliche Vitalität an, dachte sie; er ist wie ein Vollblut – draufgängerisch, selbstbewußt und rücksichtslos im Einsatz seiner Kräfte.

Diese Überlegung löste eine gänzlich unbekannte

Empfindung in Maggie aus, aber sie scheute sich, darüber nachzudenken. Doch es war nicht leicht, das drängende, unruhige Beben zu ignorieren, das durch ihren Körper ging.

Sie rief sich ins Gedächtnis, daß sie Rafe Delaneys Angestellte war und zum Arbeiten nach Shamrock gekommen war. Basta. Rafe beabsichtigte, die Ranch zu vergrößern und Dressur- und Springpferde in seine Zucht aufzunehmen. Er hatte Maggie sicher nicht eingestellt – und bezahlte ihr ein mehr als anständiges Gehalt – weil er eine romantische Affäre mit ihr suchte!

Verärgert über sich selbst, fragte sie sich, warum sie überhaupt über das Privatleben ihres Chefs nachdachte. Es ging sie nicht das geringste an. Jahrelang hatte sie sich abgemüht, um in ihrem Beruf respektiert zu werden, und nun war sie endlich als Trainerin eines der drei besten Gestüte im ganzen Land eingestellt worden. Es war eine Feder, die den Hut jeder Reiterin geschmückt hätte, und Maggie war ganz sicher, daß ihr keine Zeit bleiben würde, an Flirts zu denken.

Vor allem nicht mit ihrem Arbeitgeber.

Als sie den Rand der ausgedehnten Rasenfläche erreichten, sah Rafe Maggies Jeep und Anhänger beim Haus parken, und da fiel ihm etwas ein. »Du hast deine beiden Pferde mitgebracht, nicht wahr?« Er schaute die zierliche Frau an, die neben ihm ging, und wieder fielen ihm ihre feinen, zarten Gesichtszüge und ihre schönen Augen auf.

Trotz seines charmanten Wesens war Rafe stets ein wenig zurückhaltend, wenn er neue Menschen kennenlernte. Daher überraschte es ihn, wie stark er sich schon nach kurzer Bekanntschaft zu dieser Frau hingezogen fühlte. Es war weniger ihre Schönheit, als vielmehr die innere Stärke, die ihr Blick verriet, und das leise Mißtrauen, das aus ihren Augen sprach. Das und die anmutige Art, wie sie sich bewegte. Wärend Rafe sie anstarrte, vergaß er seine Frage. Etwas an Maggies sehr direktem Blick hatte eine ganz merkwürdige Wirkung auf sein Atmen.

Sie nickte. »Einer der Männer zeigte mir, wo ich meine Pferde unterbringen kann.« Als sie am Anhänger vorbeigingen, fügte sie hinzu: »Sie sind noch jung. Calypso, meine Stute, ist ein ›Walker‹ aus Tennessee, und Dust Devil, mein Hengst, ist ein amerikanisches ›Saddlebred‹. Beide sind auf fünf verschiedene Gangarten trainiert.«

»Sieger?« fragte Rafe mit leuchtenden Augen.

Maggie interpretierte seinen Blick ganz richtig. »Champions«, bestätigte sie lächelnd. »Und aus exzellenter Zucht. Falls dein Experiment also klappt und du wirklich züchten willst . . .«

»Wärst du bereit, mir deine Pferde als Zuchttiere zur Verfügung zu stellen?« schloß Rafe erwartungsvoll.

Wieder warnte Maggie sich im stillen vor dem Charme in seinem Lächeln und rief sich von neuem ins Gedächtnis, daß er ihr Arbeitgeber war. »Ich glaube, wir könnten es einrichten«, stimmte sie milde zu.

»Großartig!« Rafe blieb vor dem Eingang zu dem hübschen Wohnhaus im spanischen Kolonialstil stehen und schien zu zögern. Dann seufzte er und ging weiter. »Ich weiß nicht, wie es mit dir ist, aber ich habe einen Bärenhunger. Wir könnten beim Dinner darüber reden. Was meinst du?«

»Gern.«

Auf der Veranda zögerte Rafe von neuem. »Da ist . . . Ich muß dir etwas sagen . . .«

»Was?« fragte Maggie mißtrauisch.

»Es hat nichts mit einer beabsichtigten Vergewaltigung zu tun, also hör auf, mich so ängstlich anzusehen«, versetzte er lachend.

Maggie spürte, wie ihr das Blut in die Wangen schoß, was an sich sehr merkwürdig war, denn sie gehörte nicht zu den Frauen, die schnell erröteten. »Was wolltest du mir sagen?«

Rafe bemühte sich, ernst zu bleiben, aber es mißlang. »Wie du dich sicher erinnern wirst, besteht ein Teil deines Gehalts in der Benutzung eines Hauses, in dem du wohnen kannst. Aber alle meine Cottages sind besetzt, mit Ausnahme von einem, in dem schon seit Jahren niemand mehr gewohnt hat. Es wird ganz hübsch werden, sobald die Arbeiter damit fertig sind, aber das kann noch eine Woche dauern. Wir sind so weit entfernt von *allem*, daß es albern wäre, nicht auf der Ranch zu wohnen.«

Er machte eine Pause und schloß lächelnd: »Wenn ich einen Riegel an deiner Schlafzimmertür anbringen lasse, wärst du dann bereit, bei mir im Haus zu bleiben, bis deins fertig ist? Ich habe auch eine Haushälterin, falls du um deinen guten Ruf besorgt sein solltest.«

»Sehr witzig«, entgegnete Maggie und spürte, wie sie schon wieder errötete. Aber dann, als sie sein ernstes Gesicht und seine belustigt funkelnden Augen sah, mußte sie lachen.

»Du hast den Klatsch gehört«, beschuldigte er sie entrüstet. »Ich verführe Jungfrauen nur bei Vollmond. Falls du mich also heulen hörst, verriegle deine Tür.« Er seufzte. »Ohne Prozeß verurteilt und gehängt.«

»Ich habe doch gesagt, es tut mir leid.«

»Davon habe ich nichts gehört.«

»Dann tu so, als hättest du«, murmelte sie.

Rafe schien zu überlegen. »Na schön, dieses eine Mal«, gab er schließlich nach. »Aber das nächstemal verlange ich eine Entschuldigung. Nur weil über mich geflüstert wird, ich sei ein Teufel und hätte meinen Schwanz im Hosenbein versteckt . . .«

»Hör auf!« wehrte Maggie lachend ab. »Das reicht.«

Prompt drehte Rafe sich um und öffnete die breite Eichentür. »Komm in mein Wohnzimmer . . .«

Maggie schwebte hocherhobenen Kopfes an ihm vorbei – und blieb wie angewurzelt stehen.

Von der Eingangshalle aus konnte sie mehrere Zimmer sehen: ein Wohnzimmer, das halb wie eine Bibliothek aussah, und ein Eßzimmer. Rechts von ihr führte ein Korridor zu einem Flügel, in dem sich vermutlich die Schlafzimmer befanden. Aber es war nicht die Anordnung der Räume, die Maggie verwirrte, sondern die unfaßbare Unordnung, die im Haus herrschte. Es war nicht direkt *schmutzig*, aber überall stapelten sich Dinge, die in einen Schrank gehört hätten.

Ein Stapel Tageszeitungen bedeckte den Tisch in der Halle, einige von ihnen so alt, daß die Seiten vergilbt waren. Reitpeitschen und Sporen lagen, zusammen mit mindestens drei Paar Cowboystiefeln, verstreut im Wohnzimmer herum, und die Zeitschriften, die den Couchtisch überschwemmten, waren des Platzmangels wegen zum Teil schon auf den Fußboden gerutscht und lagen neben Büchern und Kissen, die auf die Couch gehört hätten. Es herrschte ein fürchterliches Durcheinander . . .

Ihr Instinkt sagte Maggie jedoch, daß Rafe nicht schlampig war, und außerdem hatte er behauptet, eine Haushälterin zu haben. »Ich dachte, du hättest eine Haushälterin.«

Rafe seufzte. »Ja – als Strafe für meine Sünden.«

Maggie schaute auf. Ein merkwürdiges Zögern stand in seinen Augen. »Eine ehemalige Freundin, die es dir heimzahlen will?« fragte sie trocken, doch gleich darauf tadelte sie sich für ihre Worte. Warum konnte sie das Thema nicht lassen?

Aber Rafe lachte nur. »Wenn es nur das wäre! Leider

ist mein Problem erheblich komplizierter. Anscheinend habe ich die schlechteste Haushälterin der Welt.«

»Warum stellst du keine andere ein?«

»Verdammt, das kann ich nicht.« Er fuhr sich mit der Hand durchs Haar und machte ein bekümmertes Gesicht. »Kathleen ist länger bei unserer Familie als ich. Nach dem tödlichen Unfall meiner Eltern begann sie, meinem ältesten Bruder den Haushalt zu führen. Burke ertrug sie, so lange er konnte, und schickte sie dann zu York. Als auch York es nicht mehr aushielt, überließ er sie mir. Und da ich niemanden habe, an den ich sie weitergeben könnte, muß ich zusehen, wie ich mit ihr zurechtkomme.«

Maggie lachte schallend.

»Ich bemühe mich, Ordnung zu halten«, fuhr er fort, »aber mit der ganzen Arbeit draußen . . . Kochen kann Kathleen leider auch nicht, und es ist ein Glück, daß sie mich noch nicht vergiftet hat. Ich verliere im Durchschnitt ein Hemd pro Woche, wenn sie wäscht. Ich weiß nicht, wie sie es macht, aber sie schafft es. Immer. Das Schlimmste ist –« er schaute sich verwundert um –, »daß sie saubermacht. Ich meine, ich sehe, daß sie es tut. Sie wischt Staub und putzt und geht mit dem Staubsauger herum, aber irgendwie sieht es nie sauber aus.«

»Hat sie nie daran gedacht, in Rente zu gehen?«

»Es sind noch fünfzehn Jahre, bis sie fünfundsechzig wird«, antwortete Rafe ergeben, »und im übrigen wird sie nie in Rente gehen. Sie freut sich schon darauf, für meine Kinder zu sorgen. Hätte ich bloß irgendwo einen Cousin, zu dem ich sie schicken könnte . . .«

Maggie lehnte sich an den Türrahmen und lachte, bis ihr die Tränen kamen. Als sie sich endlich aufrichtete und ihre Wangen trocknete, kam Rafe mit ihren beiden Reisetaschen von draußen zurück.

»Das kann doch nicht deine ganze Habe sein«, bemerkte er, die leichten Taschen anhebend.

»Nein«, stimmte Maggie zu, »aber im Hinblick auf die Probezeit habe ich die meisten meiner Sachen bei Freunden zurückgelassen. Wenn das Cottage fertig ist, lasse ich sie mir schicken.« Während Maggie Rafe in den Flügel folgte, in dem sich die Schlafzimmer befanden, wurde ihr bewußt, wie mühelos es ihm gelungen war, sie in dieses Haus zu locken. Aber darüber würde sie später nachdenken.

Er führte sie an einem halben Dutzend Schlafzimmer vorbei, dann stellte er ihr Gepäck in ein Zimmer ganz am Ende des langen Korridors. Es war ein helles, luftiges Wohnschlafzimmer, dessen gläserne Schiebetüren auf die rückwärtige Veranda des Hauses hinausgingen. Links vom Raum befand sich ein geräumiges Bad, und rechts ein doppeltüriger begehbarer Einbauschrank. Der Raum war in blauen und grünen Farbtönen gehalten und wirkte überraschend sauber und freundlich. Unwillkürlich sah Maggie Rafe fragend an.

Er grinste entwaffnend. »Kath hatte gestern frei, und da habe ich die sechzehnjährige Tochter meines Vorarbeiters gebeten, das Zimmer für dich vorzubereiten.«

Maggie fragte nicht, warum er kein ähnliches Arrangement für den Rest des Hauses traf. Sie kannte den Grund. Es hätte Kathleens Gefühle verletzt, und dazu konnte Rafe sich anscheinend nicht überwinden.

Sie lächelte. »Wenn du nichts dagegen hast, möchte ich vor dem Dinner duschen und mich umziehen.«

Rafe nickte freundlich. »Das gleiche habe ich auch vor«, gab er zu. »Und dann«, fuhr er fort, »werde ich sehen, was Kathleen für unser sogenanntes Abendessen aus dem Tiefkühlschrank geholt hat. Komm in die Küche, sobald du fertig bist.« Damit wandte er sich ab und ging.

Maggie starrte gedankenverloren auf die geschlossene Tür. War es unfair von ihr, Rafe nach den Gerüchten zu beurteilen, die über ihn umgingen? Er hatte sie mit seinen humorvollen Bemerkungen zu diesen Gerüchten überrascht und aus dem Konzept gebracht. Die Frage war, ob es Berechnung von ihm gewesen war.

War Rafe Delaney ein rücksichtsloser Herzensbrecher, oder einfach ein attraktiver Mann, dessen Reichtum und Charme ihn zum Gegenstand ungerechtfertigten Klatsches gemacht hatten?

Während sie auspackte, erinnerte Maggie sich erneut daran, daß Rafes Ruf sie nichts anging. Aber es war gar nicht mehr so leicht, der Stimme ihrer Vernunft zu folgen. Rafe war ein verdammt attraktiver Mann, und sie hatte allmählich Schwierigkeiten, ihn in die Kategorie ›Arbeitgeber‹ einzuordnen.

Um sich abzulenken, räumte sie ihre Sachen ein und ging dann rasch unter die Dusche. Nachdem sie frische Kleider angezogen hatte, flocht sie ihr langes Haar zu einem einzelnen dicken Zopf und versuchte, ihre Reaktion auf Rafe zu analysieren.

Ihr erster Eindruck war gewesen, daß es sich bei ihm um einen eigenwilligen, temperamentvollen Mann handelte, mit einem Gesicht, das eine Spur zu ungewöhnlich war, um als wirklich gutaussehend bezeichnet zu werden. Seine dichten schwarzen Brauen über den dunklen Augen hatten ihm ein zu spöttisches Aussehen verliehen; sein Mund war zu grimmig, zu hart gewesen, um schön zu sein.

Aber dann hatte er gelächelt und bereitwillig zugegeben, sich geirrt zu haben, und Maggies Herz zum Flattern gebracht. Er hatte sie mit Respekt und Bewunderung betrachtet, und das – und sein Charme – hatten seinem unkonventionellen Gesicht Wärme und Aufrichtigkeit verliehen.

Maggie starrte ihr Spiegelbild an, ohne etwas zu sehen. Inwieweit mochte Rafes persönliche Ausstrahlung ihre Pläne beeinflussen? Vor einem Jahr hatte sie beschlossen, ihr unstetes Leben, das darin bestand, von einem Turnier zum anderen zu reisen, aufzugeben, und war nun fest entschlossen, sich irgendwo niederzulassen. In den letzten zehn Jahren war sie permanent unterwegs gewesen. Ihr Traum war, irgendwann eine eigene Ranch oder ein Gestüt zu besitzen, und für die Erfüllung dieses Traumes arbeitete sie seit vielen Jahren.

Das Angebot, auf Shamrock zu arbeiten, paßte perfekt in ihre Pläne, und Rafes offensichtliches Entzücken über die Aussicht, ihren Hengst als Zuchthengst für seine Stuten zu benutzen, ebenfalls. Shamrock knauserte nicht mit Deckgebühren, und Maggie konnte damit rechnen, gutes Geld mit den Diensten ihres Hengstes zu verdienen. Erst kürzlich hatte Rafe einen sehr jungen amerikanischen ›Saddlebred‹ erstanden, drei junge Stuten der gleichen Rasse, sowie einen Tennessee ›Walker‹ und zwei Stuten, von denen eine bereits tragend war. Das Fohlen stammte von einem bekannten Turniersieger.

Shamrock machte nichts im kleinen Stil, und Maggie hatte vor einiger Zeit gehört, daß Rafe Interesse an einer Herde junger Stuten aus Kentuckys drei besten Gestüten hatte.

Aus beruflicher Sicht konnte sie sich nichts Besseres wünschen. Sie war nun Trainerin von Dressurpferden auf einer der angesehendsten Zuchtfarmen des ganzen Landes. Wenn sie sich Mühe gab – und das hatte sie vor – konnte es ihr Prestige als Trainerin nur erhöhen. Und sie hatte die Ehre, Shamrocks Ruf als Gestüt für Dressurpferde aufzubauen. *Ihr* Training würde es sein, was bei Turnieren gezeigt wurde, und das wiederum würde Shamrock Stuten aus allen Landesteilen bringen, damit sie von den Zuchthengsten der Ranch gedeckt wurden.

Nein, vom professionellen Standpunkt aus war sie genau dort, wo sie sein wollte.

Privat jedoch . . .

»Privat bist du ein Idiot!« hielt sie sich laut vor. »Deine Arbeit ist genug. Sie hat dir bisher immer gereicht.«

Maggie war alles andere als ein verträumtes Mädchen in Erwartung eines Märchenprinzen. Praktisch auf sich selbst angewiesen, seit sie sechzehn war, hatte sie schon früh gelernt, um das zu kämpfen, was sie wollte. Sie hatte Freunde, weibliche und männliche, unter den wohlhabenden Besitzern der Pferde, die sie bei Turnieren ritt, genauso wie unter den Stallburschen. Und bei den wenigen interessanten Männern, denen sie begegnet war, hatte sie sich ihrer Karriere zuliebe damit begnügt, die Beziehung auf einer freundschaftlichen Basis zu bewahren.

Doch jetzt empfand sie ein merkwürdig leeres Gefühl im Magen. Ihre Reaktion auf Rafe war viel stärker als auf irgendeinen anderen Mann zuvor, seine Persönlichkeit, sein Charme und seine Ausstrahlung bewirkten, daß sie sich unwiderstehlich zu ihm hingezogen fühlte. Und das war ganz eindeutig eine Gefahr für ihre beruflichen Pläne.

Maggie blieb stehen und schaute auf ihre Jeans und ihren gestrickten Baumwollpullover herab, dann fluchte sie leise. Was machte es schon, wie sie aussah? Rafe war ihr Boß, mehr nicht. Mit grimmiger Miene ging sie zur Tür.

2

Rafe sprang bei Maggies Eintreten auf und fragte lächelnd:

»Was habe ich jetzt schon wieder angestellt?«

Nicht gewöhnt, daß Männer aufstanden, wenn sie einen Raum betrat, war Maggie entsprechend beeindruckt. Aber sie sollte schon bald feststellen, daß alle drei Delaneys perfekte Kavaliere waren – zumindest, was ihre Manieren betraf.

Dann kam ihr seine Frage zu Bewußtsein. »Wie meinst du das?«

»Du siehst so grimmig aus«, erklärte er. »Da dachte ich, ich hätte dich mit irgend etwas verärgert.«

»Natürlich nicht!« entgegnete sie und spürte, wie sie schon wieder errötete – verdammt!

»Das freut mich«, meinte er mit einer Spur Belustigung. »Setz dich, Maggie. Das Essen wird in einer knappen Stunde fertig sein. Was möchtest du trinken?«

»Was du da hast«, antwortete sie gleichgültig und setzte sich ihm gegenüber in einen Sessel.

»Guten irischen Whiskey, was sonst?« bemerkte Rafe heiter und ging zu der Hausbar in einer Ecke des Raumes. Mit zwei Gläsern kam er zurück und reichte Maggie eins, bevor er sich wieder hinsetzte. Auch er hatte geduscht, sein schwarzes Haar war noch naß und ein bißchen zerzaust. Er trug Jeans und hatte die Ärmel seines weißen Hemds bis zu den kräftigen, braungebrannten Oberarmen aufgerollt.

Maggie verspürte den Impuls, mit den Fingerspitzen über das weiche, dunkle Haar zu streichen, das seine Arme bedeckte, und starrte verärgert in ihr Glas. Jetzt reicht es aber! sagte sie sich empört. Warum sollte es ihr nicht gelingen, Rafe in die Kategorie zu verbannen, in die er gehörte? Er war ihr Boß, mehr nicht!

»Du hast dich sicher über Shamrock informiert, bevor du dich beworben hast, oder?« fragte er.

»Selbstverständlich«, erwiderte sie aufrichtig.

Rafe nickte. »Natürlich habe ich auch Informationen über dich eingeholt, Maggie.«

Sie hatte nichts anderes erwartet.

Nachdenklich sagte er: »Du nimmst seit deinem sechzehnten Lebensjahr erfolgreich an Turnieren teil – Spanische Reitschule, Jagd, Dressur. Sogar an Rodeos hast du dich beteiligt. Seit sechs Jahren kannst du dir die Pferde, die du vorführen willst, nach Belieben aussuchen.« Er schwieg einen Moment.

»Du kommst aus Richmond, Virginia«, fuhr er dann in unpersönlichem Ton fort. »Deine Mutter starb, als du noch ein kleines Mädchen warst, und dein Vater nahm dich zu seiner Arbeit auf verschiedenen Ranches und Gestüten mit. Er ist ein namhafter Trainer von Grand-Prix-Pferden und arbeitet momentan in Europa. Als du sechzehn warst, kam es zu einem Bruch zwischen dir und deinem Vater, ausgelöst durch eine Art . . . Konkurrenzkampf zwischen euch. Ist das richtig?«

Maggie starrte ihn an, erhob jedoch keine Einwendungen. Schließlich hatte sie sich selbst genauso gründlich über Rafe informiert. »Ja«, bestätigte sie nur ruhig.

»Auch nach diesem Bruch habt ihr noch eine Weile zusammengelebt«, fuhr Rafe fort, »aber du warst praktisch allein. Durch die ablehnende Haltung deines Vaters deinen Berufswünschen gegenüber fiel es dir sehr schwer, einen Job zu finden. Dein Vater ist ein geachteter Mann im Pferdesport, und niemand wollte seine Tochter einstellen, nachdem er seine Mißbilligung so deutlich bekanntgegeben hatte. Aber als er vor einigen Jahren eine Reise nach Deutschland machte, gelang es dir, einen

Gestütsbesitzer zu finden, den die Meinung deines Vaters nicht zu kümmern schien. Er bot dir einen Job an, und zu seiner Begeisterung gelang es dir, zwei temperamentvolle Vollblutjagdpferde in preisgekrönte Springpferde zu verwandeln.«

Rafe machte eine kurze Pause. »Innerhalb eines Jahres wurde dein Name in Pferdesportkreisen bekannt, und nicht einmal dein Vater konnte deinen Fortschritt aufhalten. Dein Chef war so begeistert von dir, daß er dir einen gebrauchten Pferdetransporter schenkte und dich zwei anderen Züchtern empfahl, die dir anboten, ihre Pferde für einen prozentualen Anteil am Gewinn bei Turnieren vorzuführen.

Den High School-Abschluß in Abendkursen gemacht, ebenso deine Collegeausbildung, weil du ja tagsüber arbeiten mußtest. Mit zwanzig hattest du genug gespart, um dir zwei relativ billige junge Pferde anzuschaffen, die du trainiert, erfolgreich bei Turnieren vorgeführt und schließlich mit beträchtlichem Gewinn weiterverkauft hast. Deine nächsten beiden Pferde waren dann schon teurer, und dein Gewinn nach ihrem Training und anschließendem Verkauf war natürlich entsprechend höher. Du fingst an, hohe Schule und Dressur zu reiten und warst beim Grand Prix im Springen gut genug, um dir einen Platz im Olympischen Team zu sichern. Du hast eine Goldmedaille in der Einzelwertung gewonnen, und dein Team hatte seine Goldmedaille in der Gesamtwertung auch nur deinen schnellen, strafpunktfreien Runden zu verdanken. Und du hast dein *eigenes* Pferd geritten.«

»Lady Fair«, sagte Maggie traurig. »Ich mußte sie letztes Jahr einschläfern.«

Rafe warf ihr einen mitfühlenden Blick zu, aber er sagte nichts über das Pferd, das sie verloren hatte. »Ich nehme an, selbst nach all diesen Erfolgen hat sich nichts an der Einstellung deines Vaters zu deinem Beruf geändert?«

Maggie lächelte bitter. »*Weil* ich erfolgreich war«, antwortete sie flach. »Er hatte fest geglaubt, ich würde es nicht schaffen, und es jedem erzählt. Außerdem ist er nie für ein Olympiateam geritten.«

Rafe nickte. Er hörte nicht nur Bitterkeit, sondern auch Qual in ihrer Stimme. »Etwas später hast du die Grand-Prix-Veranstaltungen aufgegeben und dich auf die Hohe Schule konzentriert. Du hast Pferde gekauft und trainiert, um sie dann mit Gewinn weiterzuverkaufen. Vor zwei Jahren hast du deine jetzigen Pferde bekommen – als Fohlen.«

Er grinste plötzlich. »Calypso und Dust Devil – beide aus hervorragender Zucht und dank deines Trainings auf dem besten Wege, echte Champions zu werden. Und als du mein Antwortschreiben auf deine Bewerbung bekamst, hast du den Jeep gekauft, der draußen vor der Tür steht.«

Maggie war verblüfft über die Genauigkeit seiner Information. Aber Rafe war noch nicht fertig.

»Ich habe mit Freunden gesprochen, für die du kürzlich geritten bist. Sie sagten, du seist eine gute Reiterin, eine ausgezeichnete Trainerin und eine mustergültige Angestellte. Du wüßtest mit jedem Pferd umzugehen, Menschen zu behandeln, verursachst keine Probleme, und wenn du wütend bist, läßt du es nie an Pferden aus.«

Rafe lächelte schwach. »Dein Verhalten im Ring ist vorbildlich, du besitzt eine erstaunliche Würde für dein Alter und ein geradezu unheimliches Urteilsvermögen, was Pferde betrifft. Die einzige Kritik, die ich über dich gehört habe, betraf deinen außergewöhnlichen, etwas übertriebenen Ernst.«

Das Letztere überraschte Maggie nicht. Ihr war sehr oft

geraten worden, ungezwungener zu sein und ihr Leben zu genießen. Es hatte sie immer sehr verwirrt, denn sie *genoß* ihr Leben, so wie es war.

»Wenn du das alles wußtest, bevor ich kam, warum wolltest du mich Diablo dann nicht reiten lassen?«

»Das habe ich dir schon gesagt«, erwiderte Rafe. »Du sahst so verdammt winzig aus. Ich kämpfe schon Wochen mit diesem Satansbraten, ohne sichtbares Ergebnis. Wie hast du es bloß geschafft?« fragte er mit aufrichtigem Interesse.

»Mein Vater ist ein geborener Reiter«, antwortete Maggie sinnend. »Da er jedoch immer sehr sorglos mit seinem Geld umging, konnte er sich nie ein eigenes Haus leisten und war gezwungen, immer nur die Pferde anderer Leute zu reiten. Mich hat er auf Pferde gesetzt, bevor ich laufen konnte, und er hat mir alles beigebracht, was ich heute über Pferde weiß.«

Maggie dachte über das unverständliche Verhalten dieses Mannes nach, der sie gelehrt hatte, was sie wußte, um ihr dann nichts als Steine in den Weg zu legen, als sie versuchte, aus dem Gelernten einen Beruf zu machen.

Sie zuckte seufzend die Schultern. »Er pflegte zu sagen: ›Man *bricht* ein junges Pferd nicht ein, man *besänftigt* es.‹ Und das schaffte er in einem einzigen Tag, egal, wie wild das Pferd war. Er sprach mit ihnen und behandelte sie mit der sanften Entschiedenheit eines Vaters seinem Kind gegenüber.«

Wieder zuckte sie die Schultern. »Er war mein Lehrer. Ich habe mich nie gefragt, warum ich so gut mit Pferden umgehen kann. Ich tue einfach das, was mein Vater mich gelehrt hat.«

Rafe, der aufmerksam zuhörte, entnahm ihren Worten mehr, als Maggie aussprach. Er verstand jetzt den Ursprung ihres Ehrgeizes, der darin begraben lag, daß ihr Vater ›sorglos‹ im Umgang mit Geld gewesen und daher sein Leben lang gezwungen war, für andere zu reiten. Rafe begriff, daß Maggies Entschlossenheit, es in ihrem Beruf zu etwas zu bringen, sie von ihrem Vater entfernt hatte, weil dieser ihr den Erfolg zu neiden schien. Und Rafe hörte auch Maggies leidenschaftliche Liebe zu Pferden aus ihren Worten heraus.

Rafe war – wie man so schön sagte – ›mit einem Silberlöffel im Mund‹ geboren worden. Er stammte aus einer alten, reichen und mächtigen Familie. Dennoch kannte er die harte körperliche Arbeit, die mit Pferden einherging. Und daher wußte er, daß Maggie körperlich sehr viel kräftiger sein mußte, als sie erschien.

Nach ihrer kurzen Erzählung erkannte er, daß kein Schritt in ihrer Karriere zufällig erfolgt war. Maggie hatte vor, so erfolgreich zu werden, daß sie sich eines Tages eine eigene Ranch leisten konnte. Ihr ›übertriebener‹ Ernst, wie es ihre früheren Arbeitgeber bezeichnet hatten, hatte sie unaufhörlich vorangetrieben, trotz aller Hindernisse, die ihr eigener Vater ihr in den Weg gelegt hatte.

Was auch ihr Mißtrauen meinem Ruf gegenüber erklärt, dachte Rafe. Maggie beabsichtigte nicht, ihre Karriere durch persönliche Beziehungen zu gefährden, und Rafe wußte nur zu gut, daß er den Ruf eines charmanten Don Juans besaß. Er fragte sich nur, wie dieses Gerücht entstanden war. Seit er die Ranch übernommen hatte, war ihm wirklich keine Zeit geblieben, Don Juan zu spielen.

Während er Maggies zartes, feingeschnittenes Gesicht betrachtete, das ihre strenge Frisur nur betonte, wurde ihm bewußt, daß seine Reputation ihn zum erstenmal zu stören begann.

Es sah ganz so aus, als sollte sie sogar eine beträchtliche Komplikation darstellen.

Er respektierte und bewunderte Maggie, aber sein

Herz hatte sie in jenem Augenblick gewonnen, als sie über seine zwiespältigen Gefühle für seine Haushälterin gelacht hatte, ihre veilchenfarbenen Augen feucht vor Tränen, ihr schmales Gesicht strahlend vor Wärme, und ihre ruhige, kühle Stimme heiser und melodisch . . .

Rafe war hinausgegangen, und nicht nur, um ihr Gepäck zu holen, sondern weil er einen Moment brauchte, um seine aufgewühlten Gefühle unter Kontrolle zu bringen.

Er war ein ganz normaler Mann und keineswegs der hemmungslose Casanova, als den ihn böse Zungen bezeichneten. Natürlich hatte es gelegentlich Frauen in seinem Leben gegeben, aber es waren immer nur kurze, flüchtige Beziehungen gewesen, auf beiden Seiten, die ohne Bedauern endeten. Wie waren diese Gerüchte überhaupt aufgekommen? Aufgrund einiger weniger ›Goldsucherinnen‹, vermutete Rafe, denen er begegnet und so rasch wie möglich aus dem Weg gegangen war. Klatsch, entstanden aus Frustration? Möglich. Er hatte sich nie Gedanken darüber gemacht, bis jetzt, aber es war ziemlich wahrscheinlich. Einige wenige Damen, ehrgeizig genug, um einen Delaney einfangen zu wollen, hatten aus Enttäuschung die Saat gesät, und sein zweifelhafter Ruf war gewachsen.

Und du hast die Lage nicht verbessert, indem du Junggeselle geblieben bist und dich weiterhin mit verschiedenen Frauen verabredet hast, dachte Rafe. Dabei hätte er gern die richtige Frau gefunden und geheiratet. Das war die Ironie daran. Er suchte, bewußt oder unbewußt, wie es die meisten Männer taten, aber keine Frau hatte bisher sein Herz erreicht.

Bis jetzt.

Aber Maggie, dachte er, wird alles tun, um mich auf Distanz zu halten – meiner Reputation zufolge und ihres Ehrgeizes wegen.

Bemüht, diese Überlegungen zu verdrängen, fielen ihm ihre neugierigen Blicke auf, und er hoffte, daß seine Gefühle ihm nicht anzusehen waren.

Eine leere Hoffnung. Maggie fragte sich, warum Rafes dunkle Augen einen solch abwesenden Blick angenommen hatten und warum er derart entschlossen die Lippen zusammenpreßte. Aber sie beherrschte ihre Neugier und fragte nicht.

Dann änderte sich sein Gesichtsausdruck, er lächelte, und ein winziges Grübchen erschien links neben seinem Mund. »Dein Vater hat dich anscheinend sehr gut in die Lehre genommen. Diablo gehört eigentlich nicht zu den Pferden, die ich für dein Training vorgesehen hatte, aber würdest du ihn vielleicht . . .?«

»Gern.« Sie erwiderte Rafes Lächeln. »Hast du dir ein ganz bestimmtes Training für ihn gedacht? Im Hinblick auf Turniere, meine ich.«

»Nein, er ist schon sieben Jahre alt. Ich habe ihn als Zuchthengst gekauft, weil er von hervorragendem Geblüt ist, aber er war immer viel zu wild. Bring ihm bei, was du willst. Ich möchte nur, daß er umgänglicher wird.«

»Gut. Ich werde sehen, was ich tun kann.«

»Für den Anfang wirst du vier Saddlebreds und drei Walker haben. Ich möchte sie alle nächstes Jahr zu Turnieren anmelden, falls sie deiner Ansicht nach dazu bereit sind. Alle außer einer Stute, die tragend ist. Ich habe noch einige sehr gute andere Zuchtpferde im Sinn, aber vorher müssen wir uns Ansehen im Ring erwerben.«

Maggie nickte zustimmend. Es war genau das, was sie erwartet hatte.

»Deine Tiere befinden sich in Stall Vier, zusammen mit sämtlichen Ausrüstungsgegenständen, die du benötigen wirst. Solltest du noch etwas anderes brauchen, stell mir eine Liste zusammen. Ich habe sechs Stallburschen eingestellt, damit sie dir zur Hand gehen. Alle haben Erfahrung mit Pferden, aber nur einer versteht etwas von Hoher Schule. Es sind *deine* Leute, Maggie, und du kannst sie einarbeiten, wie du willst.«

Sie hob fragend die Brauen. »Ohne . . . Einmischungen?«

Rafe nickte. »Selbstverständlich. Dein Stall, deine Pferde, deine Leute. Du mußt selber sehen, wie du dir alles einrichtest. Ich habe noch anderes Personal, das für die Stallreinigung zuständig ist, aber für die Ausrüstungsgegenstände bist du mit deinem Team verantwortlich.«

Rafe lächelte. »Mein Hauptgrund, einen Trainer einzustellen, ist die Tatsache, daß ich wenig oder gar nichts von Dressurreiten verstehe. Ich erwarte daher, daß du in allem Bescheid weißt und selbständig deine Entscheidungen triffst. Wahrscheinlich werde ich dir oft zusehen, aber nicht, weil ich deine Kompetenz bezweifle, sondern aus Interesse.

Wir haben einen Tierarzt auf der Ranch, und noch drei andere Trainer. Sie kümmern sich um die Westernpferde, Araber, und Vollblüter. Ich stelle dich morgen allen vor. Tom Graham, der Mann, der mit mir auf der Koppel war, ist unser Vorarbeiter. Wenn du ein Problem hast und mich nicht finden kannst, dann wende dich an Tom. Wir verfügen auch über einen Schmied und einige andere Spezialisten. Und falls wir beschließen sollten, es mit Dressur zu versuchen, kannst du dir selber eine Gruppe geeigneter Pferde zusammenstellen.«

Maggie war so entzückt, daß sie für einen Moment nichts sagen konnte. Es war noch viel mehr, als sie erhofft hatte. Absolute Kontrolle . . . Natürlich würde es sich erst mit der Zeit herausstellen, wie ernst Rafe sein Versprechen nahm, aber bisher war ihr eine derart uneingeschränkte Autorität noch nie angeboten worden. »Ich werde mich bemühen, dich nicht zu enttäuschen«, sagte sie schließlich leise.

»Das wirst du nicht«, entgegnete er.

Wie konnte er so sicher sein? Zum erstenmal seit vielen Jahren zweifelte sie an ihren eigenen Fähigkeiten. *Durfte* sie wirklich die ganze Verantwortung übernehmen, die er ihr so bereitwillig übertrug?

Auch das würde sich erst mit der Zeit herausstellen.

Rafe seufzte. »Als Trainerin wirst du mich nicht enttäuschen. Persönlich hingegen vielleicht schon.«

Maggie versteifte sich und schaute ihn mißtrauisch an.

Ein absurder Ausdruck des Bedauerns erschien auf seinem Gesicht, und wieder seufzte er. »Ich würde mich sehr unbehaglich fühlen, wenn du hinter jedem meiner Worte einen Doppelsinn vermutest.«

»Sei nicht albern«, murmelte sie und errötete von neuem.

»Ich bin nicht albern, nur aufrichtig. Ich *kann* nämlich aufrichtig sein, trotz allem, was die Leute sagen. Sogar bei Vollmond.«

Als er merkte, daß von Maggie keine Erwiderung zu erwarten war, fuhr er fort: »Ich empfinde ein gesundes Interesse für das weibliche Geschlecht, aber falls du gewarnt wurdest, daß ich dich verführen würde, muß ich dich enttäuschen.« Er ignorierte ihren empörten Einwand und fügte ruhig hinzu: »Es gehört nicht zu meinen Gewohnheiten, den weiblichen Angestellten meiner Ranch nachzusteigen.«

Maggie war überrascht, und das war ihr anzumerken, denn Rafe sagte rasch: »Ja, ich habe noch andere weibliche Angestellte. Meine Araber werden von einer Frau trainiert. Dann haben wir einige weibliche Jockeys und Stallhilfen. Einige von ihnen sind schon seit *Jahren* hier«, fügte er spöttisch hinzu, »und ich habe sie nie belästigt . . . bisher jedenfalls nicht. Du kannst sie ruhig fragen.«

Nach kurzem Zögern meinte Maggie: »Ich . . . entschuldige.«

»Akzeptiert. Aber weißt du, du bist nicht die erste Frau, die herkommt und glaubt, sie müsse ihre Schlafzimmertür vor mir verriegeln. Mein Ruf behindert mich genauso wie dich das Vorurteil, zu klein zu sein. Aber ich *weiß* nun, daß du größer bist, als du aussiehst. Könntest du nicht auch einsehen, daß ich besser bin als mein Ruf? Du weißt, wie es auf einer Ranch zugeht. Im allgemeinen bin ich viel zu beschäftigt, um Zeit für . . . romantische Ideen zu haben.«

Er hatte in gewisser Weise recht. Maggie sah ein, wie albern ihre Befürchtungen waren, und sein trockener Ton bestätigte es ihr. Seinen dunklen Augen fehlte jeglicher Humor, und auch seine Miene war ernst. Sie fragte sich flüchtig, ob er sich bei jeder neuen weiblichen Angestellten die Mühe machte, sie hinsichtlich seiner Reputation zu beruhigen . . .

»Können wir also Freunde sein?« erkundigte er sich lächelnd.

»Gern. Und es tut mir wirklich leid, Rafe.«

»Vergiß es«, meinte er schmunzelnd. »Im übrigen wirst du dir wünschen, sobald du Kathleens Kochkünste kennengelernt hast, eine mögliche Verführung wäre alles, was dir Sorgen macht.«

Wie auf ein Stichwort hin erklangen schwere Schritte in der Halle, dann betrat Kathleen den Raum. Sie war um die Fünfzig, mittelgroß und hatte muntere blaue Augen und ein sympathisches Gesicht. Ihr leuchtend rotes Haar war zu einem Zopf geflochten, der ihren Kopf wie eine Krone umgab. Sie trug ein schlichtes blaues Hauskleid.

»Dinner, Mr. Rafe«, sagte sie mit einer Stimme, der

selbst nach all den Jahren in Amerika ein unverkennbarer irischer Akzent anhaftete.

Rafe stand auf und deutete auf Maggie, die sich ebenfalls erhoben hatte. »Kathleen, das ist Maggie O'Riley, unsere neue Trainerin.«

Die Haushälterin maß Maggie mit einem prüfenden Blick, dann erschien ein merkwürdig zufriedener Ausdruck in ihren blauen Augen, und ein Lächeln spielte um ihre Lippen. »Willkommen auf Shamrock, Miss Maggie«, sagte sie herzlich.

Während Maggie höflich antwortete, warf Rafe seiner Haushälterin einen verblüfften Blick zu. Wie in aller Welt hatte Kathleen es bloß so schnell erraten können? Denn sie hatte es erraten, das stand fest. Die einzige andere Frau, die sie je auf eine derart herzliche Art angesprochen hatte, war seine Mutter gewesen.

Während sie ins Eßzimmer hinübergingen, nahm Rafe sich vor, Kathleen davor zu warnen, seine Chancen bei Maggie nicht durch ein unbedachtes Wort zu zerstören. Es war ihm gerade gelungen, sie davon zu überzeugen, daß er keine unehrbaren Absichten ihr gegenüber hegte. Da konnte er sich nicht erlauben, Maggie durch Kathleen herausfinden zu lassen, wie *ehrenhaft* sie waren . . .

Jahre des Frühaufstehens hatten Maggies Schlafgewohnheiten geprägt. Schon um fünf Uhr am nächsten Morgen war sie hellwach. Es war noch dunkel, und im Haus ganz still. Niemand schien bisher aufgestanden zu sein.

Nach einem fruchtlosen Versuch, wieder einzuschlafen, stand Maggie auf. Als sie angezogen war und ihr Haar zu den gewohnten Zöpfen geflochten hatte, erschien die erste Morgenröte am dunklen Himmel. Maggie löschte die Nachttischlampe, verließ ihr Zimmer und machte sich leise auf den Weg zur Küche.

Rafe hatte sie aufgefordert, das Haus für die Dauer ihres Aufenthalts als ihr eigenes zu betrachten und zu kommen und zu gehen, wie es ihr beliebte. Sie war nicht sicher, ob das auch Kathleens Küche einschloß, aber sie wollte frühstücken und war begierig, ihren neuen Job in Angriff zu nehmen. Rafe hatte versprochen, ihr an diesem Morgen die Ranch zu zeigen und sie allen vorzustellen, aber sie hatte keine Ahnung, wann das sein würde.

Maggie räumte die unordentliche Küche mit den automatischen Bewegungen eines Menschen auf, dem Unordnung zuwider ist. Sie verzog das Gesicht, als ihr bewußt wurde, was sie getan hatte, aber vielleicht würde es Kathleen gar nicht auffallen . . .

Mit einiger Mühe fand sie, was sie suchte, und zwang sich, auf das Aufräumen der Hängeschränke und Regale zu verzichten. In kurzer Zeit hatte sie zusammengestellt, was sie für ein Omelett benötigte, die Kaffeemaschine brummte, und eine Kanne frischgepreßter Orangensaft stand auf dem Tisch bereit.

Das Omelett war goldbraun und erfüllte die Küche mit seinem verlockenden Aroma, als Maggie plötzlich spürte, daß sie nicht mehr allein war.

Rafe stand in der Tür, und sie mußte lachen, als sie seinen hingerissenen Gesichtsausdruck sah. Er starrte das Omelett an wie ein Halbverhungerter ein Festbankett, dachte sie amüsiert.

»Guten Morgen«, begrüßte sie ihn höflich. »Ich hoffe, es stört dich nicht – oder Kathleen. Ich hatte Hunger.«

Rafe räusperte sich. »Morgen. Nein, es stört mich nicht, und Kathleen sicher nicht. Ich wollte es dir gestern sagen, aber dann vergaß ich es. Kathleens Frühstück ist so lausig, daß ich ihr vor langer Zeit gesagt habe, sie könne sich die Arbeit sparen. Im allgemeinen mache ich mir Rühreier oder so etwas.«

Maggie legte das appetitliche Omelett auf einen Teller und sagte mit einem Blick auf die Zutaten, die sie nicht benutzt hatte: »Es ist genug für zwei da.« Dabei mußte sie sich sehr beherrschen, um nicht zu lachen.

Rafe strahlte, aber dann schüttelte er bedauernd den Kopf. »Ich habe dich nicht zum Kochen eingestellt«, meinte er unbehaglich.

Auch Maggie kam sich ein bißchen komisch vor, denn der einzige Mann, für den sie je gekocht hatte, war ihr Vater gewesen. Sie stellte den Teller mit dem Omelett auf den Tisch, sagte: »Der Kaffee ist fertig«, und begann ein zweites Omelett zuzubereiten.

Als es fertig war, hatte Rafe für beide Kaffee und Orangensaft eingeschenkt, und er rückte ihr den Stuhl zurecht, als sie sich setzte. Das hatte er auch am vergangenen Abend getan, fast automatisch, und Maggie fragte sich, wie lange es dauern würde, bis sie sich an das zuvorkommende Benehmen gewöhnte, das er für ganz natürlich zu halten schien. Oder wann es ihr gelingen würde, sich in Gegenwart ihres Arbeitgebers ganz ungezwungen zu fühlen.

Die etwas schlampig zusammengestellte Mahlzeit vom Vorabend hatten sie in heiterer, humorvoller Stimmung eingenommen. Ein paarmal hatte Maggie nur mit Mühe ihr Lachen unterdrücken können, als sie Rafes allzu ausdrucksvolle Miene bei den einzelnen Gerichten sah. Aber kaum war das Essen beendet, da hatte sie sich hastig in ihr Zimmer zurückgezogen – ganz andere Gefühle waren der Grund dafür gewesen.

Trotz Kathleens Unzulänglichkeiten war Rafe stets bemüht, nicht ihre Gefühle zu verletzen, was in Maggie eine seltsame, unerklärliche Zärtlichkeit auslöste. Das Gefühl hatte sie bis tief in die Nacht hinein verfolgt und störte sie auch heute morgen noch. Sie bemühte sich, etwas zu sagen, um das Schweigen zwischen ihnen zu unterbrechen, aber ihr fiel nicht das geringste ein. Und so war es Rafe, der die Unterhaltung wieder aufnahm.

»Du bist eine gute Köchin«, meinte er anerkennend.

»Danke. Aber Omeletts sind nicht schwer zuzubereiten.«

»Für mich schon«, gab er betrübt zu. »Bei mir sind sie zäh wie Gummi.«

Maggie lachte, ihre Spannung ließ nach. »Ich habe Übung.«

»Ich würde dich bitten, Kathleen dein Rezept zu geben, aber ich glaube, sie würde es nur vermasseln.«

Maggie blickte ihn an, dann aber schaute sie schnell auf ihren Teller. Verdammter Kerl – es ist ja lachhaft, wie sehnsüchtig er das Omelett betrachtet! dachte sie. Und dann überraschte es sie eigentlich auch nicht, als sie sich sagen hörte: »Ich stehe immer früh auf, Rafe, und es ist egal, ob ich für einen oder für zwei Frühstück mache.«

»Wenn das so ist«, meinte er ernst, »spiele ich bei deinem Leichenschmaus die Geige.«

Maggie lächelte. »Zwei Fragen.«

»Die wären?«

»Kannst du Geige spielen?«

»Ich werde es lernen. Zweite Frage?«

»Wie kommst du darauf, daß du bei meinem Leichenschmaus in der Nähe sein wirst? Dem natürlichen Lauf der Welt zufolge müßtest du mir vorangehen.«

»Meine Aussichten darauf sind sogar noch größer, als es die Natur erlaubt. Meine Mutter pflegte zu sagen, ich sei geboren, um gehängt zu werden.«

Maggie verzichtete auf eine Erwiderung, abgelenkt von einer Bewegung an der Gartentür. Ein schwarzer Kater war aus dem Garten hereingekommen. Selbstbewußt marschierte er durch die Küche, sprang auf die Anrichte und ließ sich nach einem zweiten Sprung schnurrend auf Rafes Schulter nieder.

Rafe war aufgestanden, um die Teller in die Spüle zu stellen, und maß das Tier mit einem vorwurfsvollen Blick. »Wo hast du die ganze Nacht gesteckt?« fragte er streng.

Grüne Augen erwiderten ungerührt seinen Blick, dann gähnte der Kater ausgiebig und entblößte eine Reihe spitzer weißer Zähne.

»Ein Verwandter von dir?« fragte Maggie spöttisch.

»Ein Herumstreuner«, antwortete Rafe trocken. »Wie ich.«

Maggie wandte sich hastig ab und öffnete die Klappe der Geschirrspülmaschine. »Wie heißt er?« Als sie keine Antwort erhielt, drehte sie sich um und sah, daß Rafe zwischen Belustigung und Zögern schwankte. »Ist sein Name ein Geheimnis?«

»Nein«, sagte Rafe seufzend. »Aber nach deiner Bemerkung ist er vielleicht eine Spur zu passend.«

»Wie heißt er?«

»Merlin.«

Maggie schloß die Spülmaschine und richtete sich auf, bemüht, ihre ausdruckslose Miene zu bewahren. »So. Und er ist wirklich nicht mit dir verwandt?«

»Er gehört mir nicht einmal. Oder sagen wir einmal so: Die Entscheidung ist von ihm ausgegangen, er hat mich sozusagen adoptiert. Vor etwa einem Jahr, als es draußen schrecklich stürmte, stand er plötzlich nachts vor meiner Tür, und ich ließ ihn herein. Seitdem lebt er bei uns.«

»Es muß Glück bringen, von einem schwarzen Kater adoptiert zu werden, besonders während eines Sturms. Warum hast du ihn Merlin genannt?«

»Keine Ahnung.« Rafe betrachtete den Kater nachdenklich. »Es schien mir ein passender Name für ihn zu sein.«

»Merlin . . .« Maggie lachte. »Wenn du auch noch

Warlock hättest, würden die Leute mit Recht anfangen, sich zu wundern.«

»Wer oder was ist Warlock?« fragte Rafe, als sie in den Garten hinausgingen und sich zu den Ställen wandten. Merlin blieb auf seiner Schulter hocken, und Maggie dachte, daß es ein geselliger Kater sein mußte, wenn er nicht gerade einer Katzendame den Hof machte.

»Warlock ist ein Pferd«, antwortete Maggie und atmete in tiefen Zügen die frische, klare Morgenluft ein. »Er ist dreimal Landessieger gewesen und erst vier Jahre alt. Er ist so schwarz, daß sein Fell einen blauen Schimmer hat. Seine einzige Markierung ist ein weißes Ausrufungszeichen zwischen seinen Nüstern. Und sein Besitzer – Ted Hawkes von der Blueridge-Farm in Kentucky – verkauft ihn nicht für Geld oder gute Worte. Den Gerüchten nach ist ihm zumindest Geld schon reichlich geboten worden.«

»Wieviel ist ›reichlich‹?« wollte Rafe wissen und betrachtete sie dabei.

»Eine halbe Million, was nicht außergewöhnlich ist bei Vollblutrennpferden, aber doch ein bißchen viel für ein Dressurpferd – selbst wenn es mehrere Siege zu verzeichnen hat.«

»Es ist möglich, daß er das Geld mit Preisen und Deckgebühren wieder einbringen würde, oder?« fragte er gespannt.

»Ja . . . falls er seine guten Eigenschaften weitervererbt. Aber das älteste Fohlen, das er gezeugt hat, ist noch nie gelaufen, also kann man es auch nicht genau wissen.«

»Und was glaubst du?«

Maggie war überrascht über die Frage, aber sie antwortete aufrichtig: »Hm – ich habe ihn einmal geritten, als er zwei Jahre alt war, und einige seiner Fohlen kenne ich auch. Ich glaube, er wird noch viele

Jahre lang ein Sieger sein und bis ins hohe Alter als Zuchthengst dienen. Falls er gesund bleibt, natürlich.«

»Das klingt, als sei er ein echter Zugewinn für jede Pferdezucht«, bemerkte Rafe beiläufig.

Stall Nummer vier, Maggies Domäne, war von sorgfältig geplanter Struktur, wie all die anderen Ställe auch. Das T-förmige Gebäude beinhaltete einen Trainingsring – sehr wichtig in einem Land intensiver Hitze und starker Sonnenbestrahlung – mit einem festen, glatten Sandboden. Das eigentliche Stallgebäude bestand aus einer riesigen Halle mit geräumigen Boxen für die Pferde, und einem großen Raum, in dem Sättel, Zaumzeug und andere Ausrüstungsgegenstände aufbewahrt wurden. Der Futterraum befand sich ganz am Ende der langen Halle.

Jede Box war mit einer zweiteiligen Tür versehen, und in der nördlich gelegenen Reihe sogar mit einer zweiten, die auf eine eigene Koppel für jedes Pferd hinausführte. Hoch oben über den Ställen lagerte frisches, duftendes Heu, das eine zusätzliche Isolation gegen die Hitze darstellte. An beiden Enden der Halle und über dem Trainingsring befanden sich große Ventilatoren.

Es war der Traum eines Trainers, und Maggie konnte nicht fassen, daß dies *ihr* Reich sein sollte. Sie war sprachlos.

Bis sie ›Figure‹ begegnete.

Als sie die schattige, kühle Stallabteilung betraten, blieb Maggie verblüfft stehen, um das grauweiße Tier zu betrachten, das ihnen den Weg versperrte. Große braune Augen starrten sie herausfordernd an, und lange Ohren legten sich gereizt zurück.

Merlin zischte empört und sprang von Rafes Schulter,

um dahin zurückzustolzieren, woher sie gekommen waren.

Maggie, die ihr Leben lang mit Turnierpferden zusammengewesen war, erkannte ein Maskottchen, wenn sie eins vor sich hatte. Es kam sehr häufig vor, daß nervöse, sensible Vollblüter eine ungewöhnliche Zuneigung zu den merkwürdigsten Stallkameraden faßten. Das konnten ältere Pferde sein, Ponies, Esel, Ziegen, Katzen oder Hunde, und sie waren oft so wichtig für die Turnierpferde, daß sie sie durchs ganze Land begleiteten.

»Ein Maskottchen?« fragte Maggie mit einem Blick auf den Esel.

Rafe seufzte. »Er hält sich dafür. Maggie, darf ich dir Figure vorstellen?«

Sie warf Rafe einen amüsierten Blick zu. »Figure? Wie seid ihr denn auf *den* Namen gekommen?«

Rafe lachte. »Na ja, weil eine der Bedeutungen dieses Wortes ›wohlbekannte Persönlichkeit‹ ist – und dafür hält er sich.«

Maggie lachte. »Persönlichkeit scheint er tatsächlich zu besitzen.«

»Ja, nicht wahr? Ich tue es dir nicht gerne an, Maggie, aber ich fürchte, du wirst ihn akzeptieren müssen – zumindest, solange du Diablo trainierst.«

»Sind sie Freunde?«

Rafe nickte. »Ich habe Tom heute morgen Diablo herüberbringen lassen, und Figure kam natürlich mit. Tut mir leid, Maggie. Er ist ein übellauniger alter Bergesel und haßt alle Lebewesen außer Diablo.«

Maggie schien ungerührt. »Ach, wir werden uns schon verstehen.«

»Er beißt«, warnte Rafe.

»Mich beißt er nicht«, entgegnete Maggie zuversichtlich.

Und das stimmte, wie Rafe zu seinem Erstaunen

feststellte. Gegen Ende des Tages lief der verdammte Esel Maggie nach wie ein junger Hund.

Aber Rafe war noch viel erstaunter, als er merkte, daß es ihm nicht anders erging.

3

Rafe hatte Maggie die ganze Ranch gezeigt und sie ihren Kollegen vorgestellt. Sie beendeten ihre Runde in ihrem Stallgebäude, und Maggie machte sich augenblicklich an die Arbeit. Sie holte ihre beiden Pferde aus den Boxen, sattelte sie und unterhielt sich dabei angeregt mit ihren neuen Mitarbeitern. Nach dem Training ihrer Pferde ließ sie sie von jedem ihrer sechs Lehrlinge reiten. Nur einer von ihnen war mit Pferden vertraut, die die Hohe Schule beherrschten; die anderen fünf profitierten ganz besonders von Maggies Geduld und der phantastischen Disziplin ihrer Tiere.

Gegen Mittag informierte Maggie Rafe, daß die beiden jungen Frauen, Lisa und Pat, und Tyler, einer der jungen Männer, im kommenden Jahr Shamrockpferde auf Turnieren zeigen konnten. Die übrigen drei Männer – Russell, Mike und Brian – würden mehr Zeit benötigen, bevor sie in den Ring geschickt werden konnten.

»Aber Brian hat schon Turniere geritten«, warf Rafe ein.

»Und einen Preis gewonnen?« versetzte Maggie, ohne es wirklich als Frage zu meinen.

Sie waren auf dem Weg zum Haus, um zu Mittag zu essen, und wieder fühlte Rafe seinen Respekt wachsen für die Frau, die neben ihm ging. »Nein, ich glaube nicht. Aber woher weißt du das?«

Maggie runzelte die Stirn. »Er ist reichlich unbeholfen und verlagert sein Gewicht beim Reiten zu weit nach vorn. Und er benutzt zu gern die Peitsche. Es kann sein, Rafe, daß es mit ihm nicht klappt.«

Rafe nickte. »Das ist deine Entscheidung.«

Sie war – wie er von neuem feststellte – eine sehr entschiedene Frau und besaß Führungsqualitäten, die keinen Groll bei ihren Untergebenen erregten. Schon gegen Ende des ersten Tages hatte sie jedem Mitglied ihres Teams seine Aufgaben zugeteilt, und alle schienen ihre Autorität und ihre Kenntnisse zu akzeptieren.

Maggie war keine Frau, die zu raschem Aufgeben neigte oder harte, unangenehme Arbeiten anderen übertrug. Rafe beobachtete sie und sah, daß sie Pferde und Menschen, die mehr Hilfe benötigten als andere, sofort erkannte. Anstatt Brian aufzugeben, was das einfachste gewesen wäre, widmete sie ihm einen beträchtlichen Teil ihrer Zeit, um seine Reitfehler zu korrigieren. Und als ein temperamentvoller junger Saddlebred einige gefährliche Mucken zeigte, trainierte Maggie ihn persönlich, bis er sich seine boshaften Eigenheiten abgewöhnt hatte.

Wann immer Maggie in der Nähe war, gelang es Rafe nicht, seinen Blick von ihr zu wenden, und wenn er sie nicht sah, suchte er sie. Er dachte sich Fragen aus, nur um ihre Stimme hören zu können und zu erreichen, daß sie sich mit ihm beschäftigte und nicht mit ihrer Arbeit. Insgeheim verspottete er sich für seine Unfähigkeit, ihre Aufmerksamkeit zu gewinnen. Rafe, der ›charmante Wüstling‹ – ha! Es war fast, als hätte er beim Pferderennen gegen die Pferde verloren.

Mit der Zeit begann er sich zu fragen, ob das, was er für Maggie empfand, vielleicht nur einseitig war. Doch dafür war ihre Reaktion auf ihn viel zu offensichtlich. Rafe fiel auf, daß sie jeglichen Körperkontakt mit ihm vermied, was bei anderen nicht der Fall war.

Das Schlimmste ist, dachte er, daß es mir durchaus gelingen könnte, sie nervös zu machen. Aber dazu hätte er eine Taktik benutzen müssen, die seine Behauptung, er habe seine weiblichen Angestellten noch nie belästigt, als Lüge erscheinen lassen würde.

Er verbrachte jeden freien Augenblick in Maggies Nähe, um sie beim Training zu beobachten, bis Tom Graham – auf den Rafe immer mehr Arbeit abwälzte – eine Gehaltserhöhung verlangte.

Es beschämte Rafe, von seinem alten Vorarbeiter an seine Pflichten erinnert zu werden, und deshalb murmelte er nur: »Klar, Tom.«

Der Vorarbeiter schob seinen Hut in den Nacken und starrte seinen Boß durchdringend an. Dann lachte er. »Nicht zu fassen, wie die kleine Lady dich eingefangen hat!«

Rafe stellte sich taub und fuhr fort, Maggie bei Diablos Training zuzusehen.

Tom, der Rafe hatte aufwachsen sehen, lehnte sich an das Gatter und schaute ebenfalls in den Ring. »Sie ist eine verdammt gute Reiterin«, bemerkte er anerkennend. Nach einem kurzen Blick auf seinen Boß fügte er hinzu: »Und ehrgeizig, würde ich sagen. Sie will ihre eigene Ranch haben, aber sie gehört nicht zu den Frauen, die heiraten würden, um sie zu bekommen.«

Rafe seufzte und gab es auf, sich taub zu stellen. »Ja, ich weiß. Leider ist sie überzeugt, ich sei ein unverbesserlicher Playboy.«

»Was wirst du dagegen unternehmen?«

Rafe dachte stirnrunzelnd über die Frage nach. Zum x-ten Mal. Seit Tagen dachte er an nichts anderes. Was konnte er schon tun? Trotz all seiner Bemühungen begegnete Maggie ihm mit Mißtrauen. Sie waren fast nie allein. Das Frühstück brachte sie so schnell wie möglich hinter sich, und nach dem Dinner zog sie sich immer gleich in ihr Zimmer zurück.

Rafe wußte, daß er immer ein Hitzkopf gewesen war, aber allmählich stellte er fest, daß er auch ausgesprochen heißblütig war. Die letzten Nächte waren die reinste Hölle für ihn gewesen. Und Kathleens unverhohlene Verkuppelungsversuche machten ihn von Tag zu Tag nervöser. Früher oder später mußten Kathleens Seufzer und ihr wohlwollendes Lächeln auch Maggie auffallen . . .

Ja, Kathleen war ein Problem. Rafe dachte des öfteren darüber nach, wie er sie loswerden konnte, und beruhigte sich stets mit dem Gedanken, daß er früher oder später eine Lösung finden würde. Jetzt richtete er wieder seine Aufmerksamkeit auf die schlanke Frau auf dem glänzenden schwarzen Hengst im Ring.

Rafe konnte, wenn er wollte, durchaus geduldig sein, aber zuviel stolzes Blut floß in seinen Adern, um in Ruhe darauf warten zu können, daß die Frau, die er begehrte, ihr Mißtrauen ihm gegenüber verlor. Außerdem störte es ihn, daß fast ihre ganze Aufmerksamkeit von ihrem Job beansprucht wurde.

»Boß?«

Rafe drehte sich zu Tom um, der ihn mit einer Mischung aus Unbehagen und Belustigung ansah. »Boß, Sie werden doch nicht irgend etwas Verrücktes tun, oder?«

Rafe löste sich vom Gatter und sagte lachend: »Etwas Verrücktes? Du mußt zugeben, Tom, daß meine vernünftige Handlungsweise mich nicht viel weiter gebracht hat, oder?«

Tom stöhnte unterdrückt. »Rafe, als ich Sie das letzte Mal in dieser Stimmung sah, brach die Hölle los!«

»Das ist gelogen«, widersprach Rafe heiter. »Ich hatte die Situation komplett unter Kontrolle.«

»Fragen Sie doch Ihre Brüder.« Tom verzog das Gesicht. »Hätten Mr. York und Mr. Burke nicht Ihre Kaution gezahlt, säßen Sie jetzt noch im Gefängnis.«

Rafe ignorierte das und sagte nur: »Könntest du mir einen Gefallen tun und Saladin aus dem Stall holen?« Er schaute auf die Uhr und murmelte: »Ah . . . gerade im richtigen Augenblick.«

Tom schien etwas entgegnen zu wollen, aber er schüttelte nur den Kopf und schlenderte auf den Stall zu.

Rafe wartete, bis Maggie und Diablo in seine Nähe kamen. Dann rief er: »Maggie, meinst du, dieser Satansbraten wäre imstande, neben einem anderen Pferd zu reiten?«

Maggie zügelte den Hengst und maß Rafe mit einem fragenden Blick. »ich glaube schon«, antwortete sie. »Warum?«

»Du bist in den letzten Tagen nicht aus den Ställen herausgekommen. Du solltest dir die ganze Ranch ansehen.« Rafe öffnete das Gattertor, ohne ihre Antwort abzuwarten. »Komm.«

Maggie führte Diablo langsam aus dem Ring und durch die Halle, Rafes großer, schlanker Gestalt folgend, der voranging. Sie bemerkte, daß Figure, der Esel, seinen Platz vor Diablos Box verließ und sich an seine Fersen heftete. Diablo wieherte leise, um seinen Freund zu begrüßen.

Rafe Delaney, stellte Maggie von neuem fest, war kein Mann, der leicht zu ignorieren war – selbst wenn er sich völlig unauffällig verhielt. Rafe zog Menschen an wie die Sonne Fliegen. Schon seit Tagen beobachtete Maggie ihn unauffällig und hatte dabei festgestellt, daß alle Angestellten von Shamrock einen Vorwand suchten, mit ihm zu sprechen, so oft er in ihre Nähe kam. Männer und

Frauen schienen sich gleichermaßen in der Wärme seines Lächelns zu sonnen. Jeder einzelne von ihnen würde alles für ihn tun, außer morden, dachte sie – und vielleicht sogar das.

Es machte sie sehr nervös. Rafe besaß ein unglaubliches Charisma, das sie bereits in ihren Träumen zu verfolgen begann. Sein Ruf als Frauenheld verursachte Maggie noch immer Unbehagen, obwohl ihre Vernunft ihr sagte, daß ein großer Teil davon auf boshaften Klatsch und Wunschdenken zurückzuführen war. Sie ermahnte sich täglich von neuem, daß er ihr Arbeitgeber war und nicht mehr. Auch er hatte ihr bisher mit keinem Wort zu verstehen gegeben, daß sie mehr für ihn war als eine Angestellte, die er nur ihrer Fähigkeiten wegen schätzte.

Aber zum ersten Mal in ihrem Leben machte Maggie die Feststellung, daß sie sich damit nicht zufrieden gab. Doch das war empörend, und deshalb gab sie sich die größte Mühe, diesen Mann, den sie noch immer in die Kategorie ›Arbeitgeber‹ einzureihen versuchte, ihre Faszination nicht merken zu lassen.

Jetzt ließ sie Diablo Schritt gehen, aber es war anstrengender, sich selbst zu kontrollieren, als das Pferd, das von ihren verwirrten Emotionen ebenfalls beträchtlich aus der Fassung gebracht wurde. Der sorgfältig geplante Kurs ihres Lebens schien völlig die Richtung verloren zu haben. Ihre beruflichen Ziele waren zwar greifbarer als je zuvor, aber nie war ihr das Fehlen privater Ziele deutlicher bewußt gewesen.

Maggie zwang sich, an die Gegenwart zu denken, und konzentrierte ihre Aufmerksamkeit auf den Hengst, den Rafe am Zügel hielt. Sie hatte ihn schon vorher gesehen, auf der Koppel, die zu seiner Box gehörte. Saladin war Rafes ›persönliches‹ Reitpferd, er hatte es aufgezogen und selbst trainiert. Saladin war ein feuriger, kastanienbrauner Araberhengst, und alles an ihm ließ an Wüstensand und heißen Wind denken.

Maggie schaute zu, wie Rafe sich mit einer geschmeidigen Bewegung in den englischen Sattel schwang, und Saladin tänzelte und biß spielerisch in die Trense. Rafes Anblick löste eine merkwürdige, ungewohnte Schwäche in Maggie aus. Einen Turban für ihn, dachte sie vage, und Quasten für sein Pferd, und er würde wie ein mächtiger, arroganter Wüstenscheich wirken, der ausritt, um sein Reich zu überschauen . . .

»Fertig?« rief Rafe munter.

Maggie riß sich aus ihren Träumereien und ordnete Diablos Zügel in ihrer Hand. »Fertig.«

Rafe ritt voran. Etwa eine halbe Stunde lang trabten sie über den ausgetretenen Feldweg, der Scheunen, Ställe, Koppeln und Weiden trennte. Figure hielt sich, unter ärgerlichem Schnauben, dicht neben seinem Freund, und lachende Gesichter drehten sich nach ihnen um, wenn sie an Angestellten der Ranch vorbeikamen.

Es war später Nachmittag, fast schon Abend, und ziemlich kühl, obwohl die Sonne noch nicht untergegangen war. Flache Hügel erhoben sich vor ihnen, als sie den Feldweg verließen und das grünere Land um den San Pedro River erreichten. Rafe hielt nur einmal an, um ein Gatter hinter ihnen zu schließen, dann ritten sie fast eine Stunde lang durch hügelige Landschaften, mit kurzem, braunen Gras bewachsen, das so ganz anders war als das auf den fetten grünen Weiden, die Maggie aus dem Osten kannte.

Schließlich erreichten sie einen Pfad, der auf die Kuppe eines mittleren Hügels führte, von der man eine phantastische Aussicht auf das San Pedro Valley hatte. Im Osten war Shamrock zu erkennen, die Gebäude aus der Entfernung winzig wie Spielzeughäuser, und umgeben von der unglaublichen Weite des unbewohnten, leeren Tals. Die Sonne warf ihre letzten Strahlen auf die Weiden, und vereinzelte Wolken hingen über dem Tal.

Maggie hatte bisher keinen Blick für ihre Umgebung gehabt, war nur für ihre Arbeit dagewesen. Der herrliche Anblick, der sich ihr nun bot, hatte eine erstaunliche Wirkung auf ihre Sinne – nie war ihr derart stark bewußt geworden, wie schön dieses Land sein konnte. Die fernen Berge reckten ihre Spitzen in den sich verdunkelnden Himmel, und die Farben wechselten mit jeder verstreichenden Minute, während die Sonne immer tiefer sank, über einem Land, von dem bisher niemand zu sagen wagte, er habe es vollkommen unterworfen.

Maggie konnte nicht aufhören zu schauen.

»Schön, nicht wahr?«

Beim Klang von Rafes leiser Stimme drehte sie sich zu ihm um. Er saß aufrecht, aber entspannt im Sattel, seine Hände ruhten auf dem Sattelknauf. Er *ist* ein Wüstenfürst, dachte Maggie . . . auch ohne Turban. Ein König ohne Krone. Ein Mann, der das Land betrachtete, für das seine Vorfahren Blut, Schweiß und Tränen vergossen hatten, um es ihr eigen nennen zu können. Ein Land, so ungezähmt wie er selbst.

»Es geht einem ins Blut, dieses Land«, sagte er ruhig, als habe er ihre Gedanken erraten. »Die Sonne ist glühendheiß, der Wind trocknet alles aus, und der Fluß ist öfter ohne Wasser als mit. Aber man darf nicht sorglos sein, denn wenn man durch ein ausgetrocknetes Flußbett reitet, kann die Flut kommen, ohne daß du es hörst, und schwemmt dich weg. Nachts sieht man die Blitze in den Bergen, und Wolken ziehen über dir dahin, um direkt hinter dir wieder zu verschwinden, und die Sterne sind so nahe, daß man glaubt, sie in die Tasche stecken zu können.«

Maggie holte tief Luft, beeindruckt von der einsamen Grandezza dieses Landes und des unbewußten, tiefgehenden Stolzes dieses Mannes. Zu ihrem Erstaunen klang ihre Stimme heiser, als sie sprach, aber irgendwie schien es zu diesem Ort zu passen. »Ist es hier, wo deine Familie sich niedergelassen hat?«

Rafe schüttelte den Kopf. »Nein, ursprünglich nicht. Es war weiter östlich von hier, im Sulphur Springs Valley. Wo Killara liegt.«

»Killara?« Sie war fasziniert von der Art, wie er das Wort aussprach. Stolz klang darin mit, Zufriedenheit und ein unabänderliches Zugehörigkeitsbewußtsein.

Rafe schaute sinnend in die Ferne. »Killara. Der alte Shamus beschloß, das dies der richtige Ort für einen neuen Anfang war, ein neues Erwachen für seine Familie. Killara war der Name seines Familiensitzes in Leinster, Irland. Es war das Stück Irland, das Shamus mit nach Amerika brachte.«

»Er muß ein außergewöhnlicher Mann gewesen sein.«

Rafe drehte sich abrupt um und schaute Maggie schmunzelnd an. »Das kann man wohl sagen. Dreimal ist er um Haaresbreite dem Galgen entkommen.«

Maggie mußte lachen. »Du lieber Himmel – warum?«

»Diebstahl hauptsächlich. Du kennst die Iren; du weißt schon, was ich meine.«

»Viehdiebstahl?« fragte Maggie lachend. »Hier?«

»Nein, in der alten Heimat. Wegen Schmuggel übrigens auch.« Als Saladin eine ungeduldige Bewegung machte, strich Rafe dem Hengst über den schlanken Hals. »ich bin nicht sicher, ob er nach Westen gekommen ist, weil er es wollte oder weil ihm nichts anderes übrigblieb.«

»Und hier hat er sich nichts zuschulden kommen lassen?«

»Es würde mich nicht wundern, wenn er auch hier ein paar Kühe gestohlen hätte«, entgegnete Rafe gelassen. »Aber das war nichts Besonderes zu jener Zeit, als überall noch Longhorns herumliefen. Und mit den Apachen lag er sich auch ständig in den Haaren.«

»Es ist Apachenland, nicht wahr? Hat es viele Überfälle gegeben?«

»Jahrelang.« Rafe lachte leise. »Sie wollten den alten Shamus und seine Familie vertreiben. Sie stahlen seine Pferde und steckten sein Haus in Brand. Er hat es wer weiß, wie oft wieder aufgebaut. Als die anderen Siedler das Weite suchten, hielt Shamus die Stellung und drohte, auf alles zu schießen, was Federn trug. Selbst seine Freunde näherten sich seinem Haus danach nur noch mit größter Vorsicht.«

»Und wie ging die Sache schließlich aus?« fragte Maggie fasziniert.

»Ich glaube, mehrere Stämme taten sich zusammen und beschlossen, daß sie ihr Gesicht verlieren würden, wenn sie so weitermachten«, fuhr Rafe belustigt fort. »Da sie Shamus nicht loswerden konnten, war es das Naheliegendste, sich mit ihm zu verbrüdern. Zwar war er keineswegs begierig, ihr Blutsbruder zu werden, aber glücklicherweise hatte sich einer seiner Söhne – Joshua – in eine Häuptlingstochter verliebt. Nach langem Palaver, kompliziertem Austausch von Geschenken und Pferden wurde ›Rising Star‹ zu einer Delaney.«

»Danach fanden keine Überfälle mehr statt?«

»Keine von Bedeutung. Ich glaube, es hat einige Auseinandersetzungen über die Pferde gegeben, die die Delaneyjungen mit Begeisterung zurückstahlen, aber mit der Häuptlingstochter im Haus hielt sich alles in erträglichen Grenzen.«

Maggie schaute nachdenklich auf das weite, rauhe Land, das sich vor ihnen ausbreitete. »Wie aufregend es damals gewesen sein muß«, sagte sie leise, und eher zu sich selbst als zu Rafe.

Er schaute sie an, und seine Hände verkrampften sich

unwillkürlich. Sie hätte gut in jene Zeit gepaßt, dachte er. Ihrer zierlichen Gestalt zum Trotz war sie alles andere als schwach und hilfsbedürftig. Sie hätte sich ihren Weg durch unerschlossenes Land erkämpft, sich aus der Wildnis ein Heim geschaffen und es mit Courage und unerschütterlicher Willenskraft verteidigt.

Sie hätte von niemandem verlangt, ihr Unannehmlichkeiten zu ersparen, ihre Kämpfe für sie auszufechten oder ihre Flinte zu tragen.

Und falls bei Morgengrauen ein Apachenstamm über ihr Heim hergefallen wäre, hätte selbst der alte Shamus sich sicherer gefühlt, wenn er mit Maggies Waffe rechnen konnte.

Rafe holte tief Luft, atmete langsam aus und beobachtete Maggie nachdenklich. Er spürte, wie Saladin sich unter ihm bewegte und zwang sich, seinen Schenkeldruck zu verringern. Die Bewegung des Hengstes erregte Maggies Aufmerksamkeit.

»Ein herrliches Pferd, Rafe.«

Rafe räusperte sich. »Das dachte ich auch, als ich ihn zum erstenmal sah und er auf seinen viel zu langen, dünnen Beinen tolpatschig über die Weide stolperte. Am gleichen Tag wie er kamen zwei Halbbrüder von ihm zur Welt. Ich habe sie aufgezogen, eingeritten und dann meinen Brüdern geschenkt.«

Maggie erinnerte sich, etwas davon gehört zu haben. »Sheikh und Shalimar, nicht wahr?«

»Genau. Sheikh ist ein Rappe mit tiefschwarzem, fast blauem Fell – wie geschaffen für York. Shalimar ist grau und schnell wie der Wind. Beide sind auf Killara, seit York die meiste Zeit im Bergwerk ist.«

»Wer lebt auf Killara?« fragte Maggie neugierig. »Dein ältester Bruder?«

»Ja, Burke lebt auf der Farm, wenn er nicht im Turm in Tucson ist. Im Moment müßte er auf Killara sein – falls er meinen und Yorks Rat befolgt und sich ein paar Tage freigenommen hat.«*

Maggie schämte sich plötzlich ihrer Neugier und wandte sich ab, um zum Horizont hinüberzuschauen. Die Sonne war tiefer gesunken, während sie sich unterhalten hatten, und die Schatten wurden länger. »Wir sollten uns auf den Rückweg machen«, sagte sie.

Rafe wendete seinen Hengst, und Maggie folgte ihm. Figure, der in der Nähe gegrast hatte, nahm automatisch seine gewohnte Position neben Diablo ein. Als sie am Fuß des Hügels angekommen waren, wartete Rafe, bis Maggie ihn eingeholt hatte. Die Pferde gingen nun im Schritt, und keines der beiden temperamentvollen Tiere zeigte die natürliche Neigung eines Hengstes, mit dem anderen zu kämpfen.

Maggie schaute Rafe an und wandte verstört den Kopf ab. Es hatte nichts mit seinem Gesichtsausdruck zu tun, daß sie plötzlich das Gefühl hatte, keine Luft mehr zu bekommen. Ein leises Funkeln stand in seinen schwarzen Augen, und sein Lächeln war ausgeprägter als gewöhnlich. Kaum genug, um mich derart zu verwirren, dachte Maggie, und als er sprach, klang seine Stimme wie immer . . . fast.

»Du solltest immer Rot tragen«, meinte er. »Es macht dich lebendig.«

Instinktiv schaute sie auf ihren roten Pullover hinunter, bevor sie Rafe ansah. »Danke«, murmelte sie und widerstand der Versuchung, ihn zu fragen, ob er damit sagen wollte, daß sie ohne Rot *nicht* lebendig aussah.

Aber Rafe schien ihre Gedanken zu erraten.

»Du wirkst immer so beherrscht«, erklärte er. »So

---

* Vgl. Band 58 509 »Die wilden Männer der Delaneys: Burke – der Eroberer«

ruhig. Es ist unglaublich, was für einen Unterschied ein bißchen Farbe machen kann.«

»Beherrschung ist wichtig, wenn man mit Pferden umgeht«, entgegnete sie in einem Ton, als rezitierte sie ein einstudiertes Sprichwort, und verzog das Gesicht, als Rafe lachte.

Aber er begnügte sich damit zu sagen: »Ich weiß. Ich selbst habe es zwar nie sehr ernst genommen, aber jedem das Seine.«

Maggie biß die Zähne zusammen und fragte sich, warum seine Bemerkungen sie derart trafen. Vielleicht hatte es etwas mit dieser wilden, unberührten Umgebung zu tun, die sich auf ihre Stimmung auszuwirken schien. »ich tue meine Arbeit, oder?« entgegnete sie schroff, aber ihr Ärger zeigte sich nur in ihren Worten, nicht in ihren Händen, die fest Diablos Zügel hielten.

»Das ist wahr, Maggie«, stimmte Rafe heiter zu. »Das ist richtig.«

Aus irgendeinem unerfindlichen Grund zerrte seine zustimmende Antwort noch mehr an ihren Nerven. Und nach dem kritischen Kommentar, der folgte, wünschte sie, eine Reitpeitsche zu haben.

»Trotzdem würde es dir nicht schaden, wenn du dich bemühtest, etwas entspannter zu sein. Sonst wirst du vorzeitig alt.«

»Das ist meine Sache!« Sie bereute ihren Ausbruch sofort. Wenn er ihr jetzt kündigte? O Gott! Sie *liebte* die Ranch, das Land, die Menschen, ihre Arbeit und die Pferde . . . Als sie Rafe einen verstohlenen Blick zuwarf, sah sie, daß er lächelte, und war beruhigt.

»Ich möchte dich etwas fragen, Maggie«, bemerkte er in beiläufigem Ton. »Du scheinst dich ziemlich ausführlich über Shamrock und die Delaneys erkundigt zu haben, bevor du dich um diesen Job bewarbst. Richtig?«

»Ja.«

»Was ist es, was den Erzählungen der Leute nach alle Delaneys gemeinsam haben – heute wie früher?«

Maggie brauchte nicht erst nachzudenken. »Sie kümmern sich um ihre Leute.«

»Genau.« Irgendwie gelang es ihm, diesem einen Wort eine gewichtige Bedeutung zu verleihen.

Maggies Erleichterung verflog und verwandelte sich in Unbehagen. Sie wandte den Kopf und starrte Rafes Profil an. »Was soll das heißen?« erkundigte sie sich mit erzwungener Ruhe.

Rafe drehte sich zu ihr um und lachte. »Was glaubst du?« entgegnete er freundlich. »Mich um meine Leute zu kümmern, Maggie, schließt auch die Sorge um dein Wohlergehen ein. Und leider habe ich den Eindruck, als brauchtest du Abwechslung und müßtest dich bemühen, ein bißchen mehr das Leben zu genießen.«

»Mir geht es gut«, sagte sie flach. »Ich sorge seit zehn Jahren für mich selbst, und . . .«

»Das war früher, als ich dich nicht kannte und es noch nicht wichtig für mich war, was du machst.«

Ihre Kehle war plötzlich wie zugeschnürt. Sie starrte auf die Stelle zwischen Diablos Ohren.

»Maggie, du bist eine Frau, wie es nur eine unter Millionen gibt!« sagte Rafe nach einer Weile bewundernd. »Jede andere hätte meine Bemerkung ganz anders interpretiert und alle möglichen persönlichen Bedeutungen hineingelegt. Aber du nicht. Nein, du akzeptierst ganz einfach, daß ich ein besorgter Arbeitgeber bin, und damit basta.«

Wieder biß sie unbewußt die Zähne zusammen und preßte Diablo mit uncharakteristischer Heftigkeit die Stiefelabsätze in die Seiten. Verwirrt machte er einen Satz und fiel in einen schnellen Galopp, wandte sich vom Pfad ab und begann über das offene Weideland dahinzujagen. Figure folgte ihm verblüfft, und schrie empört, als er merkte, daß er Diablos Geschwindigkeit nicht gewachsen war.

»*Maggie*!« schrie Rafe aus der Ferne, seine Stimme ganz rauh vor Gefühlen.

Maggie hätte angehalten, aber das ging leider nicht, denn sie brauchte ihre ganze Konzentration, um sich im Sattel zu halten, während der Hengst über Gelände raste, das noch unebener war, als sie gedacht hatte. Zweimal warf Diablo sie fast ab, als er über sandige Stellen donnerte, die unter dem Gewicht seiner Hufe nachgaben und ihn beinahe zum Stürzen brachten. Notgedrungen verringerte er seine Geschwindigkeit, aber das dritte Sandloch war so tief, daß er schließlich doch das Gleichgewicht verlor. Der große Hengst schwankte unsicher, und Maggie flog in hohem Bogen über seinen Kopf. Diablo war gezwungen, einen ungeschickten Sprung zu machen, um nicht auf sie zu treten.

Maggie landete hart auf dem sandigen Untergrund, aber sie rollte sich sofort zur Seite, um ihr Gewicht besser zu verteilen. Dann richtete sie sich auf, rieb fluchend ihre rechte Schulter und schaute ihrem Pfed nach, das langsamer geworden war und nun zu ihr zurückkam. Ihre Scham war weitaus größer als ihr Schmerz, und insgeheim verfluchte sie sich für diese gedankenlose Jagd durch ein Gelände, mit dem sie noch nicht vertraut war.

Sand spritzte auf, als Saladin neben ihr zum Halten kam, und Maggie stählte sich innerlich gegen Rafes zu erwartenden Zorn. Aber als sie zaghaft den Kopf hob, entdeckte sie ganz andere Emotionen in Rafes Gesicht. Seine Haut war blaß unter der Sonnenbräune, und seine schwarzen Augen funkelten mit ungewohnter Wildheit. Sein Mund war ein schmaler Strich, aber Maggie hätte schwören können, daß seine Unterlippe zitterte – wenn auch nur für einen flüchtigen Moment.

»Das war dumm von mir . . .« begann sie, als er an ihre Seite trat.

Er ließ sich auf ein Knie nieder und riß sie an sich, preßte sie so hart an seine Brust, daß Maggie um ihre Rippen fürchtete. »Ich hätte dich warnen sollen«, sagte er gepreßt. »Verdammt, Maggie, tu mir so etwas nicht noch einmal an!«

Sie zitterte nach dem überstandenen Schrecken, aber sie war sich auch der merkwürdigen Erregung bewußt, die sie ergriffen hatte, als sie Rafes Arme um sich spürte. Unbewußt schmiegte sie sich noch fester hinein. Sie fühlte die harten, angespannten Muskeln seiner Arme und hörte sein aufgeregtes Herzklopfen. Eine seiner großen Hände umspannte ihren Nacken und drückte ihren Kopf an seinen Hals, und das wilde Pulsieren seiner Halsschlagader wurde ihr überdeutlich bewußt.

Für einen Moment rührte sie sich nicht, aber dann erwachte ihr Selbsterhaltungstrieb und schlug Alarm. Bevor sie allerdings eine Bewegung machen konnte, um sich von Rafe zu lösen, ließ der Druck seiner Arme nach, und seine Umarmung wurde sanfter. Plötzlich hielt er sie umfangen wie ein kleines Kind, anstatt sie fast zu zerquetschen wie eben noch. Sein ganzer Körper schien weicher zu werden, und Maggie fühlte sich unwiderstehlich zu ihm hingezogen.

»Ich hätte dich warnen sollen«, wiederholte er, etwas ruhiger, aber noch immer heiser. »Das ist ein hartes Land, Maggie, ein Land, das keine Gnade kennt.« Seine Wange ruhte an ihrem Haar, und seine Hand strich beruhigend über ihren Nacken. »Versprich mir, daß du nicht mehr allein ausreitest, bis du das Gelände kennst.«

»Ich verspreche es dir«, flüsterte sie und legte ihm langsam und beinahe unbewußt die Hände auf die Brust. Sie konnte sich nicht entsinnen, je so liebevoll umarmt worden zu sein. Ihr Vater war ein spröder Mann gewesen, der sich mehr für Pferde interessierte als für die gefühlsmäßigen Bedürfnisse seiner Tochter, und ihr eigener Ehrgeiz hatte alle anderen Menschen stets auf Distanz gehalten. Rafes liebevolle Umarmung löste nun Gefühle in ihr aus, die sie fast schon vergessen hatte.

Sie vergaß, daß er ihr Boß war und ein Mann, vor dem sie sich zu hüten hatte. Sie vergaß ihren Ehrgeiz und die Notwendigkeit, sich zu schützen. Ihr ganzes Bewußtsein war nur auf diesen Augenblick gerichtet. Der sandige Boden unter ihren Knien war hart, und eine sanfte, warme Brise fächelte ihren Körper, der von bisher ungekannten Gefühlen fast schmerzte. Sogar die Tiere verhielten sich ganz still, als wollten sie nicht stören, und die untergehende Sonne tauchte sie alle in ihren rotgoldenen Schein.

Rafe hielt Maggie schweigend in den Armen, streichelte ihren Rücken mit den gleichen sanften Bewegungen, mit denen er eben noch sein Pferd beruhigt hatte. Es beruhigte Maggie, aber es löschte auch den letzten Rest von Willenskraft und Widerstand aus, der noch in ihr verblieben war.

Benommen schaute sie zu, wie ihre eigene Hand von Rafes Schulter zu seinem Hals glitt und ihn streichelnd berührten. Ihre Fingerspitzen prickelten, und Blut schien plötzlich schneller durch ihre Adern zu fließen.

Erschrocken hob sie den Kopf, aber sie blieb stumm, als sie in Rafes schwarze Augen schaute, in deren Tiefen eine leidenschaftliche Flamme brannte. Sie wollte etwas sagen, das sie augenblicklich zu ihrer Ausgangsposition zurückbrachte: Angestellte und Arbeitgeber, aber ihre Kehle war wie zugeschnürt, und sie brachte kein Wort heraus.

Seine Hand umschloß warm ihren Nacken und hob ihren Kopf zu ihm empor; seine schwarzen Augen kamen immer näher, bis für nichts anderes in ihren Gedanken Platz war.

»Maggie . . .« flüsterte er, fast unhörbar, bevor seine Lippen sich auf ihren Mund senkten.

Für einen Augenblick, eine kleine Ewigkeit, überließ Maggie sich den Gefühlen, die durch ihren Körper rasten. Rafes Lippen wurden härter, fordernder, und die zunehmende Leidenschaft, mit der er sie küßte, löste ein leises Pochen in ihrem Körper aus. Maggie fühlte, wie alles in ihr zu ihm hindrängte, unwiderstehlich angezogen von einem überwältigenden Zusammengehörigkeitsgefühl.

Ein Teil von ihr hatte seit Jahren darauf gewartet, sehnte sich danach. Es war mehr als bloßes körperliches Verlangen, viel mehr, und diese Einsicht brachte sie mit einem Ruck in die Wirklichkeit zurück.

Sie unterbrach den Kuß abrupt und wäre ganz zurückgewichen, wenn Rafes starke Arme nicht gewesen wären. Aber sie taten ihr nicht weh, hielten sie nur sanft und entschieden fest. Maggies Augen glühten vor Ärger und Mißtrauen, als sie ihm in die Augen schaute, und für einen Moment stockte ihr der Atem. Etwas Fremdes, Wildes lag in seinem Blick – dann war es fort, und Rafe lächelte sie an.

»Ich werde mich nicht entschuldigen«, sagte er.

»Das hatte ich auch nicht erwartet!« fuhr sie auf, und klammerte sich an ihren Zorn. Also stimmten die Gerüchte doch! Rafe war ein Schürzenjäger, mehr nicht, und sie nichts weiter als eine neue Trophäe.

»Nein«, sagte er, »du hattest ja auch einen Playboy erwartet. Und bevor ich mich *unschuldig* hängen lasse, bemühe ich mich lieber, deine Erwartungen zu erfüllen.«

»Wie bitte?« fragte sie verständnislos.

»Mein schlechter Ruf, Maggie, mein schlechter Ruf!«

Sie starrte ihn nur an.

Rafe lachte. »Was dich angeht, habe ich meinen guten Ruf verloren, und das ohne Verhandlung.« Er richtete sich auf und zog sie sanft auf die Füße. »Da kann ich auch gleich meinen Nutzen daraus ziehen. Ich weiß nicht, ob es mir gelingen wird, deiner Vorstellung eines hemmungslosen Wüstlings zu entsprechen, aber ich bin bereit, es zu versuchen, Maggie-Darling.«

Maggie hatte das unangenehme Gefühl, manipuliert zu werden, und starrte nachdenklich in Rafes lachendes Gesicht. Sie hätte für ihr Leben gern gewußt, ob sie ihm eine Ohrfeige geben, oder mitlachen sollte.

»Du bist nicht . . . das heißt, du . . . du würdest nicht . . .« Es war sonst nicht ihre Art zu stammeln, aber heute wollte es ihr einfach nicht gelingen, ihre Gedanken in Worte zu fassen.

»Nein? Hör zu, mein Liebling, ich bin ein Wüstling, ein Don Juan und ein gewissenloser Casanova. Gebrochene Frauenherzen bedecken den Weg hinter mir wie Konfetti, und mein Schlafzimmer hat eine Drehtür. Ich gebe mir die größte Mühe, Don Juans Rekorde zu brechen, und . . .«

»Ich hab' schon kapiert!« unterbrach sie ihn schroff, obwohl sie auch jetzt nicht sicher war, wie sie auf Rafes entnervende Behauptungen reagieren sollte. »Aber ich glaube nicht, daß du das ernst meinst.«

Er maß sie aus großen, unschuldigen Augen. »Aber Liebling, da du jedesmal zusammenzuckst, wenn ich nur in deine Nähe komme – aus Angst, verführt zu werden, vermute ich – dachte ich, ich könnte mir deine Reaktion auch durchaus verdienen.«

»Ich zucke nicht zusammen!« Maggie hätte ihm gern verboten, sie ›Liebling‹ zu nennen, aber sie wollte ihm nicht zeigen, daß sie es überhaupt bemerkt hatte. Noch nie in ihrem Leben war sie derart verwirrt und fassungslos gewesen. »Du sagtest, deine Reputation sei nichts als boshafter Klatsch!«

»Aber du glaubst es«, wandte er lächelnd ein.

Sie starrte ihn an. »Du sagtest, du hättest noch nie etwas mit einer der Frauen auf der Ranch gehabt.«

»Schmeichelei. In deinem Fall mache ich eine Ausnahme. Ich habe es mir anders überlegt . . . Ich habe gelogen.« Er zog spöttisch eine Braue hoch. »Such dir etwas aus.«

Maggie fragte sich verdutzt, wie viele verschiedene Persönlichkeiten Rafe in sich vereinigte. Heute, während des Ausritts, waren ihr mindestens vier davon begegnet: ein rücksichtsvoller Mann, der stolz auf sein Land und sein Erbe war; ein sanfter, freundlicher Mann, der sie liebevoll in den Armen gehalten hatte; ein sinnlicher, leidenschaftlicher Mann – und jetzt dieser Teufel!

Es war, als schaute man in einen Zerrspiegel, der jedesmal einen anderen Rafe Delaney wiedergab. Nur einer konnte der echte sein – aber welcher?

»Das ist . . . das ist Erpressung«, sagte sie tonlos.

Rafe schien entrüstet. »Nein, Liebling, es ist keine Erpressung«, erklärte er geduldig. »Dein Job ist dir sicher, egal, was sich zwischen uns abspielt. Mag sein, daß ich ein Wüstling bin, aber kein Idiot. Eine derart gute Trainerin wie dich will ich nicht verlieren.«

Als Maggie bewußt wurde, daß er noch immer ihre Hände hielt, riß sie sich empört los. »Ich kündige!« drohte sie.

»Nein, das wirst du nicht. Du bist kein Feigling.«

Sie maß ihn eine volle Minute mit zornigem Blick, dann wandte sie sich ab und ging zu Diablo, der geduldig wartete. Trotz ihrer Wut akzeptierte sie ganz automatisch Rafes Hilfestellung beim Aufsitzen und schaute leise fluchend zu, als er sein eigenes Pferd bestieg. Verdammter Kerl! dachte sie. Was will er von mir? Eine neue Bettgefährtin? Oder bin ich nur eine weitere Trophäe für ihn, ein Skalp, dazu bestimmt, an seinem Gürtel zu baumeln?

War ihre Position auf Shamrock den Kampf überhaupt wert, der sich zwischen ihr und Rafe anzubahnen schien?

Rafe war Maggies Verwirrung deutlicher bewußt, als er sich ihr gegenüber anmerken ließ. Es war ein Glücksspiel für ihn – er spekulierte auf ihre Reaktion auf ihn und auf ihren Ehrgeiz. Sie wird nicht kündigen, dachte er. Jedenfalls nicht, solange es mir gelingt, sie in Unsicherheit und Zweifeln zu wiegen. Und in der Zwischenzeit beabsichtigte er, ihre Verwirrung voll zu seinen Gunsten auszunutzen.

4

Auf dem Heimweg schaute Maggie stur geradeaus. Sie war beunruhigt, voller Unbehagen und hätte merkwürdigerweise am liebsten geweint oder gelacht . . . oder Rafe vom Pferd gestoßen. Irgend etwas.

Natürlich wollte sie Shamrock nicht verlassen, einerseits ihrer beruflichen Pläne wegen, und andererseits, weil es ihr auf der Ranch gefiel. Doch ihre sämtlichen Instinkte rieten ihr dazu, ihre Zelte abzubrechen und sich davonzustehlen – jetzt, bevor es zu spät dazu war. Rafe besaß die unheimliche Fähigkeit, ihre Gefühle an die Oberfläche zu bringen, bis sie schwach und verwundbar war, und so etwas hatte sie bisher noch nie erlebt. Aber es war gefährlich, das wußte sie.

Anscheinend war sie nichts anderes für Rafe als eine neue Eroberung. Doch sie . . . Was wollte sie? Eine sichere Zukunft, eine eigene Ranch. Erfolg in ihrem Beruf. Zehn Jahre arbeitete sie schon daran, und noch viele weitere Jahre harter Arbeit lagen vor ihr, bevor ihr sehnlichster Wunsch in Erfüllung gehen konnte.

Aber es konnte noch viel, viel länger dauern, wenn sie Shamrock verließ und von neuem gezwungen war, eine Stellung auf einem weniger angesehenen Gestüt anzunehmen . . .

Nein, sie durfte ihren Job nicht aufgeben. Und erst recht nicht, weil sie vorübergehend zum Gegenstand des flüchtigen Interesses ihres Arbeitgebers geworden war. Rafe war ein Chamäleon, und Chamäleons waren sehr wechselhafte Wesen. Sein Interesse an ihr würde sicher bald nachlassen. Ganz bestimmt. Er konnte schließlich jede Frau haben, die er sich wünschte, und sie, Maggie, war nichts Besonderes. Sie brauchte ihn nur auf Distanz zu halten, bis er das Interesse an ihr verlor.

Voller Unwillen erinnerte sie sich an seine Umarmung, die sie mühelos ihrer Willenskraft beraubt und sie Rafe schwach und schutzlos ausgeliefert hatte. Maggie räusperte sich verärgert und preßte die Lippen zusammen. *Das*, schwor sie sich, kommt nicht mehr vor!

»Du wirst nicht fortgehen«, bemerkte Rafe lächelnd.

Die ruhige Überzeugung in seiner Stimme brachte sie fast wieder auf die Palme, aber sie nahm sich zusammen. »Meine Arbeit gefällt mir«, antwortete sie so gelassen wie möglich.

»Gut. Ich hoffe, dein Boß auch.«

»Angle nicht nach Komplimenten bei mir!« warnte sie gereizt. »Es könnte dir nicht gefallen, was du an der Leine hast.«

Rafe lachte schallend.

Sie hatten das Koppelgatter erreicht, und sobald Rafe es geöffnet hatte, trieb Maggie Diablo an und lenkte ihn in gestrecktem Galopp über die ausgedehnten Weideflächen zu den Ställen. Nach Rafe schaute sie sich nicht um, aber sie hörte seine gutgelaunten Zurufe, als sie an einigen Stallburschen vorbeiritten. Sie hörte auch, daß er Saladin vor Halle Zwei anhielt, in der das Pferd seine Box hatte, während sie zu Halle vier weiterritt.

Dort glitt Maggie von Diablos Rücken und schnallte ihm den Sattel ab. Der Hengst hatte sich als recht umgänglich erwiesen, was andere Frauen außer Maggie betraf, und sich von Lisa sogar reiten lassen. Aber die sechs Jahre, in denen ausschließlich Männer versucht hatten, ihn einzureiten, hatten ihre Spuren hinterlassen. Diablo haßte Männer und gestattete keinem, sich ihm zu nähern.

Nachdem Maggie Sattel und Zaumzeug in den Lagerraum gebracht hatte, kehrte sie zur Halle zurück, um den Hengst gründlich abzureiben und zu striegeln. Der lange Rückweg im Schritt hatte ihn abgekühlt, so daß kein Abreiten nötig war, aber bevor sie Diablo in seine Box brachte, vergewisserte sie sich, daß er bei der wilden Jagd durchs Gelände keine Verletzungen davongetragen hatte. Sie hatte Diablos Box gerade verlassen, als Rafe in die Halle schlenderte.

»Morgen zeige ich dir die Stuten und die Fohlen«, kündigte er lächelnd an. »Sie sind auf einer Weide weiter oben im Tal.«

»Ich muß arbeiten«, entgegnete sie. Ohne eine Antwort abzuwarten, holte sie ihr Zaumzeug und die Sattelseife aus dem Lager und setzte sich damit in den Eingang.

Rafe lehnte an der Wand und beobachtete sie. Das merkwürdig zufriedene Lächeln stand noch immer in seinen Augen. »Ich lasse dich nicht sieben Tage in der Woche arbeiten, Maggie. Morgen ist Samstag. Du kannst dir ein paar Stunden freinehmen. Im übrigen hast du deine Leute so eingeteilt, daß immer zwei von ihnen zur Stelle sind.«

Was nützte es schon, zu widersprechen? Schließlich war er ihr *Boß*. Also versuchte sie, Rafes Anwesenheit aus ihrem Bewußtsein zu verbannen, lauschte auf Lisa und Mike, die zwei der Saddlebreds im Ring trainierten, und hielt den Blick auf das Zaumzeug gerichtet, das sie putzte.

»Es ist fast Dinnerzeit«, sagte Rafe, als die Hallenbeleuchtung aufflammte, die sich automatisch bei der Abenddämmerung einschaltete.

»Sag Kathleen, sie braucht nicht mit dem Essen auf mich zu warten, ja? Ich habe noch etwas zu tun. Ich mache mir später ein Sandwich.« Sie weigerte sich noch immer, ihn anzusehen.

Nach kurzem Schweigen sagte Rafe ruhig: »Du brauchst deine Pferde nicht *nach* deiner Arbeitszeit zu trainieren, Maggie.«

Sie war erstaunt, daß er es bemerkt hatte; sie pflegte ihre eigenen beiden Pferde nach dem Frühstück oder in der Mittagszeit zu reiten. »Es ist mir lieber so, wenn es dich nicht stört«, entgegnete sie ruhig. »Wenn ich für dich arbeite, arbeite ich für dich. Meine eigene Arbeit erledige ich in meiner Freizeit.«

»Du bist diesem Land sehr ähnlich, Maggie«, bemerkte Rafe sanft. »Du gewährst keine Gnade.«

Maggie schaute auf, aber er war bereits fort. Sie blieb lange sitzen und dachte über seine Worte nach. Keine Gnade? War sie wirklich so unnachgiebig? So hart, daß nichts sie beugen konnte? Hatten die langen, einsamen Jahre voll harter Arbeit sie derart unflexibel gemacht, daß jede Bewegung, jeder Gedanke oder jede Handlung sie ihrem Ziel einen Schritt näherbringen *mußte*?

Mechanisch beendete sie das Reinigen des Zaumzeugs. Lisa und Mike brachten die Pferde in die Halle, um sie abzusatteln und zu striegeln, und sie unterhielt sich eine Weile mit ihnen. Dann sattelte sie ihre beiden Pferde und führte sie zum Training in den Ring. Als Lisa und Mike gingen, rief sie ihnen einen freundlichen Gruß zu, ohne jedoch in ihrer Arbeit innezuhalten.

Es war schon spät, als sie nach einer letzten Überprüfung aller Boxen die Halle verließ und das Licht bis auf die Notbeleuchtung ausschaltete. Sie schloß die beiden elektrisch gesicherten Tore der Halle und schaltete die Alarmanlage ein. Der Weg, der an den Ställen vorbeiführte, war still und dunkel, nur das gelegentliche Stampfen eines Pferdehufs oder ein leises Wiehern störte die abendliche Ruhe.

Zwischen Halle Sieben und Acht bog Maggie um die Ecke und schlug den Weg zum Haus ein. Sie war inzwischen so vertraut mit ihrer Umgebung, daß sie kein Licht für dieses kurze Stück Weg brauchte.

Sie war so in Gedanken verloren, daß sie nichts hörte, und war daher völlig verblüfft, als starke Arme sie packten und in eine grobe Umarmung rissen. Lippen preßten sich hart und rücksichtslos auf ihren Mund und küßten sie mit einer Leidenschaft, die ihren Atem stocken ließ. Für einen Moment war sie wie gelähmt vor Schreck, dann begann sie sich verzweifelt zu wehren. Aber bevor sie mehr tun konnte, als zu zappeln, war sie frei – und allein.

Atemlos starrte Maggie in die Dunkelheit, die sie umgab, und lauschte angestrengt auf ein Geräusch. Nichts. Verwirrt erinnerte sie sich an die Wildlederfransen, die sie unter ihren Fingern gespürt hatte, und an ihren flüchtigen Eindruck, daß es sich um einen sehr großen Mann handeln mußte. Nein, dachte sie betroffen, er war nicht nur groß gewesen – er hatte auch noch irgend etwas auf dem Kopf getragen.

Sie straffte die Schultern und griff blitzschnell in den V-Ausschnitt ihres Sweatshirts. Irgend etwas kitzelte sie dort, aber ihre Vision von Spinnen oder ähnlich unangenehmen Dingen verblaßte, als sie das Objekt herauszog und erkannte. »Eine *Feder*?« fragte sie sich laut.

Maggie schaute sich mehrmals argwöhnisch um, während sie zum Haus weiterging, drehte die Feder in den Händen und bemühte sich, ihren Gedanken eine klare Richtung zu verleihen. Sie fragte sich, ob ihr an dem Mann etwas bekannt vorgekommen war, und ihre mißtrauische Natur ließ sie natürlich sofort an Rafe denken. Sie wußte nicht, warum er so etwas Verrücktes tun sollte, aber das draufgängerische Funkeln seiner schwarzen Augen ließ es durchaus plausibel erscheinen.

Doch irgend etwas anderes nagte an ihrem Bewußtsein, etwas, das sie mehr gespürt als gesehen hatte. Irgendwie war sie doch ziemlich sicher, daß es nicht Rafe gewesen war. Wer dann? Und warum?

Als sie sich dem Haus näherte, beschleunigte sie ihren Schritt. Falls es doch Rafe gewesen war, konnte er nicht in dieser kurzen Zeit ins Haus zurückgekehrt sein und den Wildlederanzug – oder was auch immer es gewesen sein mochte – so schnell ausgezogen haben. Sie betrat das Haus durch die Küche, stellte erleichtert fest, daß sie leer war und ging eilig ins Wohnzimmer weiter.

Rafe war da und legte gerade den Telefonhörer auf, als sie in der Tür stehenblieb. Er trug Jeans und ein schwarzes Hemd, das auf der Brust halb offenstand, und wirkte überhaupt nicht wie jemand, der mehrere hundert Meter gelaufen war und sich in größter Eile umgezogen hatte.

Schwarz steht ihm gut, dachte sie flüchtig. Er wirkte

noch draufgängerischer als sonst, sogar ohne sein übliches mutwilliges Lächeln.

Er erhob sich, als er aufschaute und Maggie sah. »Du hast heute lange gearbeitet. Maggie, du solltest wirklich nicht . . .«

»Wie lange bist du schon hier?« unterbrach sie ihn.

Er hob erstaunt die Brauen. »Falls du hier im Wohnzimmer meinst – gute zwei Stunden. Im Haus bin ich, seit ich aus den Ställen zurückgekommen bin. Aber warum fragst du?«

Maggie runzelte die Stirn und spielte verlegen mit der Feder. »Ach . . . aus keinem besonderen Grund. Es interessierte mich nur.«

Er zeigte auf die Feder in ihrer Hand. »Woher hast du die?«

Maggie holte tief Luft und atmete dann langsam aus. »Ich habe sie gefunden.«

Rafe machte noch immer ein verständnisloses Gesicht, aber er zuckte mit den Schultern und verfolgte das Thema nicht weiter. »Hast du Hunger? Oder möchtest du dich zuerst ein bißchen ausruhen?«

»Ich wollte gleich in mein Zimmer gehen . . .«

»Warum setzt du dich nicht hin und entspannst dich ein bißchen? Ich verspreche dir, dich nicht zu belästigen«, fügte er trocken hinzu. »Heute abend jedenfalls nicht.«

Errötend ging Maggie an ihm vorbei zur Couch. Sie ließ sich ziemlich ungraziös auf die Polster fallen, und fragte sich, was sie nun schon wieder so verstört hatte. Als sie an Rafe vorbeigegangen war, hatte sie sein Aftershave gerochen, und da war ihr schlagartig bewußt geworden, warum sie so sicher war, daß es nicht Rafe gewesen war, der sie geküßt hatte. Sein Aftershave duftete angenehm nach Moschus, aber der Fremde, der sie in der Dunkelheit umarmt hatte, hatte stark nach Zimt gerochen.

Rafe war es also nicht gewesen. Wer dann?

Sie saßen eine Weile zusammen, aber Maggie konnte sich nicht auf eine Unterhaltung konzentrieren. Schließlich schützte sie Müdigkeit vor und zog sich in ihr Zimmer zurück. Sie war nicht hungrig, nur maßlos verwirrt, und ihre Träume waren beherrscht von Indianern ohne erkennbare Gesichter.

Rafe blieb noch lange im Wohnzimmer und dachte nach, als Maggie fort war. Seine Enttäuschung über seine Unfähigkeit, ihr Vertrauen zu gewinnen, hatte sich in Hemmungslosigkeit verwandelt, und Rafe wußte aus Erfahrung, daß er zu unüberlegten Handlungen fähig war, solange diese draufgängerische Stimmung anhielt.

Es war keine bewußte Entscheidung gewesen, die Rolle zu spielen, die Maggie von ihm erwartete, und hatte als scherzhaftes Geplänkel begonnen – nichts als ein Versuch, sie zu entspannen und dazu zu bringen, an etwas anderes als ihre Arbeit zu denken. Aber ihre kopflose Jagd über unbekanntes Gelände, das jedem gefährlich werden konnte, der nicht damit vertraut war, hatte Rafe einen tödlichen Schrecken eingejagt und ihn die Kontrolle über seine Gefühle verlieren lassen.

Danach hatte ihn sein Übermut veranlaßt, den hemmungslosen Wüstling zu spielen, ohne zu wissen, ob es ihm etwas nutzen würde. Doch Maggies Reaktion auf diese unerwartete Wendung hatte ihn entzückt. Sie hatte sich verstört und unsicher gezeigt und ihre Drohung, zu kündigen, war mehr automatisch erfolgt und keineswegs ernstzunehmen gewesen.

Aber was ihn mehr als alles andere ermutigte, war die Art, wie sie seinen Kuß erwidert hatte. Das Feuer, das er in Maggie vermutete, war da, lauerte direkt unter ihrer kühlen, beherrschten Fassade, und Rafe wußte nun, daß Leidenschaft und Zorn es jederzeit zum Auflodern bringen konnten.

Das war weit mehr als ein Anfang.

Andererseits hingegen war Rafe überzeugt, daß eine Liebeserklärung Maggie mindestens genauso erschrekken würde wie die dreisten Aufmerksamkeiten eines sogenannten Herzensbrechers. Sie war zu lange allein gewesen, um sich mit dem Gedanken anfreunden zu können, einen anderen Menschen in ihr Leben zu lassen.

Also mußte Rafe sich Zugang dazu verschaffen, ohne ihr den Eindruck zu vermitteln, daß er eine Bedrohung für ihre Unabhängigkeit darstellte.

Rafe war ein guter Schauspieler. Und niemand verstand so gut die Bremse zu ziehen oder eine Situation auszunutzen wie ein Delaney.

Maggie hatte keine Chance.

Rafe hob die Feder auf, die Maggie auf dem Couchtisch liegengelassen hatte. Während er sie sinnend durch die Finger zog, lachte er leise.

Am folgenden Morgen dachte Maggie unaufhörlich über ihren geheimnisvollen Angreifer nach, aber sie sprach mit niemandem darüber, bis zum Lunch. Die meisten der Angestellten auf Shamrock brachten sich etwas zu essen mit und setzten sich mittags in die kühlen Reithallen. Maggie und ihr Team machten darin keine Ausnahme. Rafe war den ganzen Morgen am entfernten Ende des Geländes, das zur Ranch gehörte, beschäftigt gewesen, um den Transport von Pferden zu überwachen, die an einen neuen Besitzer gingen.

Nur Russell und die beiden Mädchen, Pat und Lisa, waren da, und Russell hatte sein Sandwich heruntergeschlungen und war hinausgegangen, um zwei Araberpferde in den Transporter zu laden. Maggie war daher allein mit den jungen Mädchen. Sie versuchte gerade, einen unverfänglichen Weg zu finden, das Thema ihres nächtlichen Überfalls anzuschneiden, als ein kichernder Kommentar von Lisa es überflüssig machte.

»Marion sagte, der Bandit sei gestern nacht wieder dagewesen.«

Maggie schaute von ihrem Sandwich auf und dachte an Marion, die muntere Trainerin der Araberpferde. »Bandit? Was für ein Bandit?«

Lisas Augen funkelten vor Belustigung. »Der Kußräuber von Shamrock. Wie findest du das?«

»*Was*?«

Lisa und Pat lachten über Maggies verwirrte Miene, dann sagte Lisa erklärend: »Marion hat es mir erzählt. Niemand hat ihn je richtig gesehen, aber er scheint ein Apache zu sein – oder einer sein zu wollen – und er taucht jedes Frühjahr auf. Er stiehlt Küsse. Phantastisch, was?«

Lisa war aus Chicago und hatte noch sehr romantische Vorstellungen über den ›Wilden‹ Westen. Alles, was mit der Geschichte dieser Gegend zu tun hatte, faszinierte sie.

»Willst du damit sagen, daß hier irgendein Verrückter herumläuft – angezogen wie ein Indianer – und Frauen küßt?« entgegnete Maggie fassungslos.

Lisa kicherte. »Das sagt Marion – und sie ist schon seit Jahren hier.«

Maggie hörte kaum zu, als ihre Lehrlinge über die mögliche Identität des ›Räubers‹ sprachen, aber ihr fiel doch auf, daß Rafes Namen nicht einmal erwähnt wurde. Sie beendete ihr Mittagessen und verließ Halle Vier, um einen Spaziergang zu machen. Wie nicht anders zu erwarten, dachte sie über den ›Kußräuber‹ von Shamrock nach und wußte nicht, ob sie daran glauben oder darüber lachen sollte. So etwas Albernes . . .

In diesem Augenblick kam Rafe auf einem großen, kräftigen Cowboypferd auf sie zugeritten. Ein zweites führte er am Zügel. »Komm, Maggie-Darling. Wir schauen uns die Stuten und die Fohlen an.«

Maggie blickte sich hastig um und errötete vor Verlegenheit über seinen lauten, fröhlichen Zuruf. Sie fragte sich, was die anderen denken mochten. Es waren genug Leute in Hörweite, aber alle stellten sich plötzlich taub. Maggie schaute nur in ausdruckslose Gesichter, die keinerlei Interesse verrieten.

Was sie keineswegs beruhigte.

»Hör auf, mich ›Maggie-Darling‹ zu nennen!« zischte sie, bevor sie sich auf das Pferd schwang, das Rafe für sie mitgebracht hatte.

Rafe grinste nur und warf ihr einen Hut zu, der eine kleinere Version des Cowboyhutes war, den er selber trug. »Setz ihn auf, Darling«, befahl er ungerührt. »Es ist Mittagszeit, und du bist noch nicht an die Hitze gewöhnt.«

Maggie stülpte sich den Hut auf den Kopf und bedachte Rafe mit einem ärgerlichen Blick, gleichzeitig jedoch biß sie die Zähne zusammen, um nicht zu lachen. Verdammter Kerl! dachte sie. Einfach unverbesserlich!

Er war, wie sich sehr schnell herausstellen sollte, noch schlimmer als unverbesserlich. Während sie an den einzelnen Hallen vorbeiritten, plauderte er munter und ließ immer wieder ein ›Darling‹ oder ›Maggie-Darling‹ einfließen, wenn sie an Stallburschen oder anderen Trainern vorbeikamen. Es schien ihn nicht im geringsten zu beunruhigen, was seine Angestellten darüber dachten – oder ob sie glaubten, Maggie sei nicht nur seine Trainerin, sondern auch seine Geliebte. Im Gegenteil – er gab sich sogar die größte Mühe, diesen Eindruck zu erwecken.

Als sie die Hallen hinter sich zurückließen und die ausgedehnten Weideplätze erreichten, wo die Stuten und Fohlen gehalten wurden, stieg Rafe von seinem Pferd und band es an einen Pflock. Dann kam er zu Maggie.

»Von hier aus gehen wir zu Fuß weiter«, sagte er.

Maggie mißtraute dem mutwilligen Funkeln seiner schwarzen Augen. »Wir können reiten«, sagte sie rasch, als ihr zu Bewußtsein kam, daß sie praktisch ganz allein waren, wenn man von den Pferden absah.

Rafe lächelte nur und legte ihr die Arme um die Taille, um sie vom Pferd zu heben. Maggie atmete scharf ein, als sie die ganze Länge seines harten, sehnigen Körpers spürte, im Bewußtsein, daß er absichtlich diesen engen Kontakt gesucht hatte. Sie packte seine Schultern und fragte sich bestürzt, warum sie plötzlich das Gefühl hatte, ihre Kleider stellten keine ausreichende Barriere dar . . .

»Rafe . . .«

»Weißt du eigentlich«, sagte er heiser, »wie schön du bist?« Er nahm ihr den Hut ab und hängte ihn über das Sattelhorn. Dann zog er sanft an einem ihrer Zöpfe. »Die Sonne läßt dein Haar wie goldenen Honig schimmern und deine Augen aufleuchten. Und du hast so ein bezauberndes Lächeln! Aber weißt du überhaupt, wie selten du mich anlächelst?«

Maggie wollte sich von ihm entfernen. Zumindest glaubte sie das. Aber ihre Beine verweigerten ihr den Gehorsam, und ihre Hände umklammerten Rafes Schultern, als hätten auch sie einen eigenen Willen. »Ich . . . ich dachte, wir wollten uns die Pferde ansehen«, sagte sie und merkte selbst, wie unsicher ihre Stimme klang.

»Pferde.« Rafes Lächeln wurde noch mutwilliger, und

dann erschien so etwas wie Bedauern in seinem Blick. »Manchmal wäre ich gern ein Pferd, Maggie. Dann hätte ich deine ungeteilte Aufmerksamkeit. Du würdest mich streicheln und mir zärtliche, lobende Worte zuflüstern. Und wenn du mich ansähst, würde ein Lächeln in deinen Augen stehen.« Er lachte leise und ein bißchen spöttisch. »Klingt das sehr egoistisch? Ich weiß. Aber so geht es mir bei dir. Ich will deine ganze Aufmerksamkeit für mich haben, und deine gesamte Zeit.«

»Rafe, du . . .«

»Ich möchte dich in den Armen halten.« Er zog sie noch fester an sich. »Und dich küssen.« Warme Lippen streiften ihre Wange. »Ich möchte Verlangen in deinen Augen sehen, wenn du mich anschaust, und deine Hände auf meinem Körper spüren. Ist es ein Verbrechen, Maggie, mir das zu wünschen?«

Sie konnte nichts darauf erwidern, fand keine Worte und auch keinen Atem, um sie auszusprechen. Und als er den Kopf senkte und die Sonne verdeckte, fand sie nicht einmal die Kraft, ihr Gesicht abzuwenden.

Rafe küßte sie zunächst ganz sanft und gar nicht fordernd, und bei seiner unerwarteten Zärtlichkeit wurden Maggies Knie schwach, und sie öffnete die Lippen, getrieben von einem drängenden Verlangen, das jeglicher Vernunft entbehrte. Sie spürte seine kräftigen Schultern unter ihren Fingerspitzen, als er sie noch fester an sich zog, bis sie jede Kontur seines Körpers an ihrem eigenen spüren konnte.

Rafe erschauerte und preßte seine Lippen so leidenschaftlich auf ihren Mund, daß ihr der Atem stockte und sie seinen Kuß mit ungewohnter Heftigkeit zu erwidern begann. Rafe spürte ihre Hände auf seinem Nacken und in seinem dichten Haar. Sein Hut flatterte zu Boden. Das Verlangen, das seit Tagen und Nächten in Rafe glomm, loderte urplötzlich zu einer alles versengenden Flamme auf, die seine Vernunft auslöschte und ihn Maggie so heftig begehren ließ, daß es beinahe schmerzte.

»Maggie . . .« Seine Stimme war heiser, als er seine Lippen von ihrem Mund löste, um die seidige Haut an ihrem Hals zu küssen. Als sie verzückt den Kopf zurücklegte und sich seufzend an ihn schmiegte, klopfte Rafes Herz so heftig, daß er glaubte, es müsse zerspringen.

Maggies Pferd, das ungeduldig geworden war, stubste sie plötzlich so ungestüm an, daß sie beide aus dem Gleichgewicht gerieten. Das brachte Maggie augenblicklich zur Vernunft, sie löste sich von Rafe und stellte zu ihrem Erstaunen fest, daß sie die Hände fest hinter seinem Nacken verschlungen hatte. Da sie keinerlei Erfahrung im Umgang mit derartigen Situationen besaß, konnte sie ihn nur böse anstarren, während sie sich bemühte, ihren Atem unter Kontrolle zu bekommen.

Zum ersten Mal in seinem Leben fühlte sich Rafe versucht, ein Pferd zu schlagen. Aber dann sah er Maggies bestürzte Miene und begriff, daß die Unterbrechung gar nicht so ungelegen gekommen war, wie sein Körper es ihm einreden wollte. Er holte tief Luft und strich sanft mit den Fingerknöcheln über Maggies Wangen.

»Was du mit mir machst«, sagte er rauh, »sollte verboten werden.« Dann, ohne ihr Zeit zu einer Erwiderung zu lassen, nahm er ihre Hand und führte sie auf die Pferde zu, um derentwillen sie gekommen waren.

Es war nicht leicht, zu einer ungezwungenen Stimmung zurückzukehren, aber umgeben von neugierigen, freundlichen Stuten und zutraulichen Fohlen fühlte Maggie die Spannung allmählich von sich abfallen. Und darauf hatte Rafe gewartet, bevor er vorschlug, zu den Ställen zurückzukehren.

Er hatte nicht vor, Maggie in eine Ecke zu drängen, aus

der Flucht der einzige Ausweg war – oder sie zu einer Konfrontation zu zwingen, auf die keiner von ihnen beiden vorbereitet war.

Während der folgenden Tage – als Rafe begann, Maggie mit anzüglichen Bemerkungen zu verfolgen – fühlte sie sich hin und her gerissen zwischen Ärger und innerer Belustigung. Und als er seinen verbalen Angriffen Taten folgen ließ, wußte sie erst recht nicht, was sie davon halten sollte.

Ob es Zufall war, Absicht oder ganz einfach Erfahrung – Rafe achtete jedoch stets darauf, nicht die Grenze zu überschreiten und Maggies Ärger so weit herauszufordern, daß sie auf die Idee kam, zu kündigen. Für den Augenblick begnügte sie sich damit, ihm einige recht unflätige Bemerkungen an den Kopf zu werfen.

Mit einiger Verwirrung ertrug sie es, wenn Rafe sie plötzlich auf den Nacken küßte oder sie in die Arme nahm, wenn sie allein waren. Im Vorbeigehen zog er spielerisch an ihren Zöpfen und packte sie um die Taille, um ihr auf ein Pferd zu helfen, anstatt ihr die übliche Hilfestellung zu geben. Und er war ständig in ihrer Nähe.

Doch all sein spielerisches Flirten konnte nicht die Eindringlichkeit verbergen, die in seinen Blicken lag, wenn er Maggie beobachtete. Und sie brauchte ihn nur anzusehen, um zu wissen, daß es kein Spiel war, was er mit ihr trieb.

In ihre Arbeit mischte er sich nicht ein, aber immer, wenn Maggie nicht gerade auf einem Pferd saß, war sie Rafes übermütigen Aufmerksamkeiten ausgeliefert. Anfangs beunruhigte es sie, was die anderen darüber denken mochten, aber mit der Zeit kam sie zu der

Überzeugung, daß es sich um eine Verschwörung handelte.

Noch nie hatte sie einen derartigen Ausbruch von Massenblindheit und -taubheit erlebt. Nicht ein einziges Kichern war angesichts Rafes dreister Flirterei zu hören, und wann immer er sie in die Arme zog, verschleierten sich die Blicke etwaiger Zuschauer, und ihre Gesichter nahmen einen geistesabwesenden Ausdruck an.

Es brachte Maggie auch nicht viel weiter, daß der berüchtigte ›Kußräuber‹ sie noch zweimal nach der Arbeit erwischt hatte – und sie nach seinen stürmischen Küssen merkwürdig aufgewühlt und verstört zurückgeblieben war.

Zwei Männer, die sie derart aus der Fassung brachten?

Beide Male hatte sie Rafe danach im Haus angetroffen, ganz offensichtlich völlig schuldlos an den Überfällen.

Merkwürdigerweise näherte er sich Maggie nie, wenn sie allein im Haus waren; dann war er freundlich und zuvorkommend, doch nie mehr, und *das* verwirrte sie ebenfalls.

Und eines Tages begegnete sie wieder jenem Rafe, den sie zum ersten Mal auf der Hügelkuppe über dem Tal gesehen hatte . . .

Maggie lehnte am Zaun und betrachtete einen außergewöhnlich schönen Sonnenuntergang.

Obwohl Rafe sich mit katzenhafter Geschmeidigkeit bewegte, besaß Maggie eine Art eingebauten Radar, was ihn betraf, und so spürte sie sofort, daß er in ihrer Nähe war. Sie versteifte sich unwillkürlich, weil sie eine Umarmung erwartete oder einen flüchtigen Kuß auf den Nacken, aber Rafe lehnte sich nur neben ihr an den Zaun und betrachtete den rotglühenden Himmel.

»Ich werde nie müde, es mir anzusehen«, murmelte er.

Maggie löste ihren Blick von seinem Profil. »Das kann ich verstehen. Es ist jedesmal ganz anders.«

»Ja«, stimmte er leise zu. »Geht dir das Land auch unter die Haut, Maggie?«

Sie wollte es abstreiten und behaupten, daß sie jederzeit ihre Zelte abbrechen und weiterziehen könnte. Wie gern hätte sie diesen Ort als Szenerie für ihre Arbeit betrachtet – und auch das nur vorübergehend. Sie hätte so gern geglaubt, daß sie Shamrock den Rücken zuwenden und fortgehen konnte, ohne Bedauern zu verspüren. Aber die Wahrheit sah ganz anders aus, und was sie tatsächlich empfand, war so stark, daß es schmerzte. Immer quälender kam ihr zu Bewußtsein, daß dieses Land, dieser Ort, immer bei ihr sein würden – wohin sie auch ging.

Und sie wußte, daß auch Rafe sie stets auf all ihren Wegen begleiten würde.

Maggie spürte seinen Blick und nickte. *Das Land . . . denk nur an das Land!* warnte eine innere Stimme. »Ich war noch nie an einem so wunderbaren Ort«, antwortete sie schließlich.

»Oder du hast dich nie richtig umgeschaut«, bemerkte Rafe lächelnd.

Wieder nickte sie und fühlte sich wie verzaubert von seiner Ausstrahlung, genau wie damals auf der Hügelkuppe. »Das mag sein. Ich war immer zu beschäftigt. Weißt du . . .« Sie lachte, aber es lag kein Humor darin. »Ich war ein paarmal im Madison Square Garden, aber New York habe ich nie richtig gesehen. Ich bin über den Grand Canyon geflogen – und habe nicht einmal hinuntergeschaut.«

Sie sah Rafe aus feuchten Augen an und empfand plötzlich eine überwältigende Trauer. »Ich habe mich nie umgesehen, Rafe. Warum war ich so?«

Es war das verwirrte Eingeständnis eines Kindes, und Rafe reagierte entsprechend. Er zog Maggie in die Arme und hielt sie sanft umfangen, ohne etwas zu erwidern. Er hielt sie, während sie sich mit der Einsicht auseinandersetzte, zu blind gewesen zu sein, um die Wunderwerke der Natur zu sehen.

Dieses Bewußtsein sollte sie noch tagelang verfolgen, obwohl Rafe das Thema nie wieder anschnitt. Am nächsten Tag war er wieder ganz der alte, flirtete mit ihr, wann immer sich Gelegenheit dazu bot, und brachte sie zum Lachen oder in Wut.

Ein paar Tage später hatte Maggie erneut den Eindruck, sich in einem Spiegelkabinett zu befinden. Sie befand sich im Lagerraum und stand einem übermütigen, zu Streichen aufgelegten Rafe gegenüber, der sie – im wahrsten Sinne des Wortes – in eine Ecke gedrängt hatte.

»Rafe, laß es sein!« Die Furcht, ihren Boß zu verärgern, hatte sie inzwischen verloren. Er mochte sie feuern, falls sie alle seine Pferde stahl, aber das war wohl auch der einzige Grund, der ihn dazu hätte bewegen können.

»Du solltest nicht ständig vor mir davonlaufen, Maggie-Darling«, sagte Rafe beschwichtigend, ein mutwilliges Funkeln in den schwarzen Augen.

»Ich wollte dich schon lange fragen«, sagte sie hastig, »warum ihr ein Kleeblatt als Familienwappen habt. Es ist doch euer Familienwappen, oder?« Sie hatte vor, sich unauffällig an ihm vorbeizudrängen, während er mit ihrer Frage beschäftigt war. Verrückte muß man bei guter Laune halten, dachte sie ergeben.

»Das war Shamus' Idee«, antwortete Rafe, während er ein Stück zur Seite trat und ihr damit wieder den Weg blockierte. »Die Drei war seine Glückszahl. Ich sagte dir ja schon, daß er dreimal fast am Galgen geendet wäre. Und er hatte neun Söhne – dreimal drei. Und sein Vorname sechs Buchstaben.«

Maggie schätzte verstohlen den schmalen Durchgang zu Rafes Linken ab. War er breit genug für sie? »Und die gegenwärtige Generation besteht ebenfalls aus dreien«, entgegnete sie heiter.

»Ja, verrückt, nicht wahr?« murmelte Rafe. »Als hätte der alte Shamus es so geplant.«

Maggie bereitete sich innerlich auf einen schnellen Fluchtversuch vor. »Stimmt es auch, daß alle Delaneys heimkehrten, wenn man es so nennen kann? Jemand sagte, auf Killara gäbe es einen Friedhof . . .« Sie machte einen Satz, um sich an Rafe vorbeizudrängen.

Aber er hielt sie mit einer einzigen Bewegung auf und zog sie in die Arme. »Ja, das stimmt«, sagte er ruhig. »Wir haben einen Friedhof auf Killara. Und alle Delaneys sind dort begraben. Außer einem.«

»Oh. Wer war das?« fragte sie und starrte fasziniert auf Rages offenstehenden Kragenknopf und das weiche, dunkle Haar, das sich darunter zeigte. Sie mußte sich sehr beherrschen, um nicht zu kichern. Oder Rafe vor die Brust zu stoßen. Oder beides.

»William Delaney«, erklärte Rafe freundlich. »Er war das schwarze Schaf unserer Familie, der einzige, der sich für ein verbrecherisches Dasein entschieden hatte. Leider war er nicht sehr erfolgreich dabei. Er liegt auf Boot Hill in Tombstone begraben.«

»Das wundert mich nicht.« Maggie räusperte sich. »Hat nie jemand von euch versucht, ihn . . . heimzuholen?«

»Burke ist der Ansicht, er sollte auf Killara begraben sein. York meint, es sei Williams eigene Entscheidung gewesen.«

»Und was meinst du?« Sie war wie hypnotisiert von Rafes Hemdknopf. Ihr war ganz leicht im Kopf, und ihr schwindelte. Natürlich konnte es nicht daran liegen, daß sie Rafes Körper an ihrem spürte . . . Nein, das war ja lachhaft!

»Ich?« Rafe schien ausgiebig nachzudenken, als habe

er alle Zeit der Welt. »Ach, weißt du, es ist prima, einen Verwandten in Boot Hill begraben zu haben. Es ergibt ein interessantes Thema für Dinnergespräche.«

Maggie biß sich auf die Unterlippe. »Oh«, sagte sie unsicher.

»Wirklich. Haben wir jetzt genug geredet, Maggie-Darling? Oder gibt es noch andere historische Details, die du gern hören möchtest?«

»Hey, Rafe, bist du . . . Oh. Entschuldige bitte.« Russell zog sich hastig aus dem Lagerraum zurück, und sein Gesicht nahm die typische ausdruckslose Miene an, die auch alle anderen aufsetzten, wenn sie Rafe und Maggie in einer kompromittierenden Situation antrafen.

Maggie ließ ihren Kopf an Rafes Brust sinken. »Mein guter Ruf!« flüsterte sie entrüstet. »Jetzt hast du ihn endgültig zerstört.«

»Er hat nichts gesehen«, entgegnete Rafe entnervend sanft.

Maggie hob den Kopf und biß die Zähne zusammen. »Was zahlst du ihnen, damit sie nichts sehen?« fragte sie gereizt.

Rafe machte ein verwundertes Gesicht. »Sie sind mir zuliebe blind und taub, Maggie-Darling«, erwiderte er gedehnt. »Mir zuliebe würden sie *alles* tun. Du hingegen . . .«

Mit böser Absicht und phantastischer Zielsicherheit stellte Maggie ihren Stiefelabsatz auf seine Stiefelspitze. Überrascht ließ Rafe sie los, und sie trat rasch ein paar Schritte zurück und beobachtete ungerührt, wie Rafe sich auf eine Kiste hockte und fluchend seine Zehen untersuchte.

»Das war unfair, Darling«, sagte er schließlich streng.

»Du bist stärker als ich«, entgegnete sie freundlich. »Da bleibt mir nichts anderes übrig, als gerissener zu sein.«

Rafe stellte seinen Fuß vorsichtig auf den Boden zurück und beugte sich lächelnd vor. »Ich hätte dich warnen sollen, Kind«, sagte er bedeutungsvoll. »Fordere nie einen Delaney heraus. Wir geben nicht auf.«

Maggie maß ihn mit einem spöttischen Blick. »Selbst ein Delaney sollte erkennen, wann die Schlacht verloren ist.«

»Wir ergeben uns nie. Denk an die Schlacht um den Alamo!«

»Das war in Texas.«

»Was zählt, ist die Bedeutung.«

Maggie hätte am liebsten einen Stapel Zaumzeug vom Haken genommen und ihn Rafe ins Gesicht geworfen. »Man sollte dich einsperren«, informierte sie ihn. »Du bist gemeingefährlich.«

»Das war das netteste Kompliment, das du mir je gemacht hast«, entgegnete er gerührt.

Maggie gab einen Ton von sich, der wie eine Mischung aus Schnauben und Lachen klang, drehte sich um und stolzierte aus dem Lager. Sie murmelte noch immer ärgerliche Worte vor sich hin, als ihr bewußt wurde, daß sie das Gatter erreicht hatte und neben Tom Graham stand, der einem jungen Vollblutpferd beim Springtraining zusah.

». . . nicht alle Tassen im Schrank. Größenwahnsinnig, das ist er. Er hat ein Loch im Eimer, der widerliche Schmeichler . . .«

Tom lachte. »Unser Boß?«

Maggie warf ihm einen erstaunten Blick zu. »Soll das heißen, daß du nicht blind und taub bist wie all die anderen?«

Tom zwinkerte ihr zu. »Ich nicht. Es ist viel lustiger, euch zuzusehen und zuzuhören.«

»Es ist alles andere als lustig, Tom!« Maggie mochte den alten Vorarbeiter. Er war ihr vom ersten Tag an sympathisch gewesen, und daher fiel es ihr nicht schwer, offen mit ihm zu reden.

»Nein?« Er warf ihr einen zweifelnden Blick zu. »Ich habe dich aber in den letzten Tagen viel öfter lachen hören, Maggie.«

Das brachte sie für einen Moment aus dem Konzept, doch dann entgegnete sie hitzig: »Er macht mich vor allen zum Narren! Und ich muß es mir gefallen lassen, weil er mein Arbeitgeber ist.«

Toms Lächeln verblaßte, er wurde unerwartet ernst. »Das hört Rafe bestimmt nicht gern. Außerdem glaubst du es selbst nicht.«

Sie senkte den Kopf unter seinem strengen Blick. »Nein. Nein, wahrscheinlich nicht. Aber ich möchte hierbleiben.«

»Du könntest Rafe mit einem einzigen Wort davon abbringen.« Tom starrte wieder auf die Koppel. Seine Miene war völlig ausdruckslos.

Auch Maggie starrte in den Ring. Sie war seltsam erschüttert, denn Tom hatte ganz recht. Sie brauchte nur ein Wort zu sagen, um Rafes Verhalten zu ändern. Und dieses Wort hieß ›Nein‹.

Nein, ich will nicht deine neueste Spielgefährtin sein. Nein, ich will nicht deine Geliebte werden. Nein, ich möchte nicht eines Morgens in deinem Bett aufwachen. Nein. Einfach nein. Laß mich in Ruhe. Belästige mich nicht mehr. Du bist mein Boß, das ist alles.

Aber all das war noch nie zwischen ihnen ausgesprochen worden. Rafe hatte nicht einmal gesagt, daß er sie begehrte. Und sie, Maggie, hatte nie nein gesagt.

Ihre Kehle war plötzlich wie zugeschnürt. *Warum* hatte sie nie nein gesagt? Sie war zornig geworden, hatte ihn angeschrien, war ihm ausgewichen und hatte ihn sogar gemieden. Aber ›Ich will es nicht‹, hatte sie nie zu ihm gesagt. Warum?

Weil es eine Lüge gewesen wäre.

Maggie wurde still und schweigsam. Den alten Mann neben ihr bemerkte sie kaum noch. Tief in ihrem Innersten wußte sie, daß sie Rafe ihr Leben lang mit sich herumtragen würde. Es war sein Gesicht, das sie in ihren Träumen verfolgen würde, und seine Küsse, die die Küsse jedes anderen Mannes verblassen lassen würden.

Rafes Werbung, falls man es überhaupt so nennen konnte, war bisher nichts als übermütiger Flirt gewesen. Aber ganz sicher kein Spiel, und Maggie wußte mit einem schrecklichen Gefühl der Endgültigkeit, daß sie Rafe – falls er vorhatte, mit ihr ins Bett zu gehen – keinen Widerstand entgegensetzen würde. Seinen spielerischen Flirtversuchen konnte sie widerstehen, aber wenn er sie mit seinen schwarzen Augen anschaute und sie die drängende Leidenschaft darin erkannte, war sie verloren.

Sie holte tief Atem und ging weiter. Ein gutes Stück vom Ring entfernt, blieb sie im hellen Sonnenschein stehen und fühlte sich plötzlich sehr allein. Dann erregte ein entferntes Brummen ihre Aufmerksamkeit, und sie sah einen Helikopter landen, der das Shamrockwappen trug.

Auch diesmal spürte sie, daß Rafe in der Nähe war und wandte sich halb um. Er ging mit großen Schritten auf den Hubschrauber zu, lachte Maggie im Vorbeigehen an und rief ihr etwas zu, von dem sie nicht sicher war, es richtig verstanden zu haben.

»Ich fliege in die Hölle. Bis später!«

Verwundert beobachtete sie, wie er mit dem Piloten sprach, den Mann dann fortschickte und selbst in den Hubschrauber stieg. Kurz darauf erhob sich die große Maschine in die Luft und wandte sich nach Norden.

In die Hölle? wiederholte sie in Gedanken. Rafe flog in die Hölle – und hatte vor, wieder zurückzukommen? Nur ein Delaney kann derart sicher sein, aus der Hölle zurückzukehren, dachte sie belustigt und empfand plötzlich den unwiderstehlichen Impuls, sich auf den sandigen Boden zu werfen und sich halbtot zu lachen.

5

Maggie kam sich sehr einsam vor in dieser Nacht. Sie *war* einsam ohne Rafe, und die spürbare Leere im Haus ließ ihr zuviel Zeit zum Nachdenken. Daher beschäftigte sie sich damit, Kathleen ein Rezept für gebackenes Hühnchen beizubringen, wie sie es oft für ihren Vater zubereitet hatte. Die Haushälterin erwies sich als willig, aber erstaunlich ungeschickt, und da sie nicht aufhörte, Dinge zu sagen wie: ›Ich bin sicher, daß Mr. Rafe bald nach Hause kommt‹, war es bald zuviel für Maggie.

Es war ebenfalls zuviel für sie, als sie später am Abend merkte, daß sie sich nur in Rafes großen Sessel gesetzt hatte, nur um den leichten Duft seines Aftershaves zu riechen, der den Polstern anhaftete.

Fluchend stand sie auf und ging ins Bett.

Es ist ganz natürlich, daß du neugierig bist, versicherte Maggie sich am nächsten Morgen, als sie Tom bei Morgendämmerung aufsuchte, um ihn zu zwingen, ihr zu sagen, was Rafe mit der ›Hölle‹ gemeint hatte, in die er angeblich geflogen war. Die Erklärung war ganz simpel: Es handelte sich um Hells' Bluff, die Bergwerksstadt, in der Rafes Bruder York lebte.

Hell's Bluff. Wie passend, dachte sie.

Den ganzen Morgen über versuchte sie, sich einzureden, daß sie die Ranch verlassen mußte. Um sich abzulenken, hielt sie ihre Leute und ihre Pferde in Trab, reinigte Ausrüstungsgegenstände, die blitzsauber waren, und ritt zwei Araberhengste, um Marion einen Gefallen zu tun. Schließlich fuhr sie mit ihrem Jeep zu dem Cottage hinaus, das für sie renoviert wurde, und stellte verblüfft fest, daß sich die Arbeiten noch ganz im Anfangssstadium befanden. Aber das kleine Haus war entzückend, es gefiel ihr auf den ersten Blick.

Später trainierte sie ihre beiden eigenen Pferde und badete ein halbes Dutzend überraschter anderer. Dann ergriff sie eine Heugabel und begann einen Stall auszumisten, bis einer der Männer, die dafür zuständig waren, ihr die Heugabel energisch aus der Hand nahm.

Gegen Abend war Maggie noch immer auf der Ranch. Müde, erschöpft und zu Selbstgesprächen neigend, aber noch immer da. Schon früh am Tag hatte sie das unverkennbare Brummen eines Helikopters gehört, sich jedoch stur verboten, zum Landeplatz zu gehen und Rafe zu begrüßen – falls es Rafe war. Doch als sie schließlich abends zum Haus zurückkehrte, ging sie sehr viel schneller als gewöhnlich.

Rafe war nicht zu sehen, und so schlich sie durch die Halle in ihr Zimmer. Nach einer ausgedehnten Dusche trat sie vor die breiten Glastüren der Veranda und schaute in den Garten hinaus. Eine einsame Gestalt stand am Swimmingpool. Nach kurzer Überlegung öffnete Maggie die Tür und ging hinaus.

Rafe lehnte am Zaun und betrachtete die untergehende Sonne. Auch er muß eine Art eingebauten Radar besitzen, dachte Maggie, denn er drehte sich um, noch bevor er sie gehört haben konnte.

Rafe hatte Maggie absichtlich nicht gesucht, als er aus Hell's Bluff zurückgekommen war. Sie sollte zu ihm kommen, denn er brauchte das Gefühl, daß sie ihn vermißte . . . wenigstens ein bißchen. Als er sie nun auf sich zukommen sah, schlug sein Herz unwillkürlich schneller, und für einen Moment vergaß er völlig, wie er aussah.

Maggie blieb stehen und starrte ihn an, musterte ihn entsetzt von Kopf bis Fuß. Denn sie hatte ein wirklich beachtlich blaues Auge entdeckt, ein breites Pflaster über seinem Nasenrücken und Fingerknöchel, die zerkratzt und geschwollen waren. Rafe sah aus, als habe er wenig oder gar nicht geschlafen. Als sie wieder aufschaute und ihm in die Augen sah, entdeckte sie einen beschämten, verlegenen Ausdruck darin.

Dem sie nicht widerstehen konnte.

»Hast du mit dem Teufel gekämpft und verloren?«

Rafes unverletztes Auge wurde schmal. »Ich bin zurückgekommen, oder? Ein Delaney verliert nie!«

»Und wie sieht der Teufel jetzt aus?« wollte sie wissen.

»Schlimmer. Viel schlimmer als ich.« Er hob eine Hand und berührte vorsichtig seine Nase. »Aber ich habe mir schon wieder die Nase gebrochen, verdammt.«

Maggie biß sich auf die Lippen. »Bist du in die Hölle geflogen, um dich zu prügeln?«

»Nein«, antwortete er geduldig. »Ich bin nach Hell's Bluff geflogen, weil York mich gerufen hatte. Die Prügelei kam später.«

»Aha.« Maggie nickte weise. »Ich würde sagen, du hast deine gerechte Strafe bekommen.«

»Du weißt ja gar nicht, worum es ging.«

»Nicht nötig. Wenn es je einen Mann gab, der eine Tracht Prügel verdient hätte . . .«

Rafe zuckte zusammen. »Schrei mich nicht an, Maggie.«

»Hat der Teufel dich auch betrunken gemacht?« erkundigte sie sich gefühllos.

»Nein, das kam später.« Dann fügte er mürrisch hinzu:

»Ich fühle mich erschlagen, erschöpft und sehr verwundbar. Du könntest ruhig ein bißchen netter zu mir sein.«

Maggie ermahnte sich, daß Rafe der geborene Schauspieler war. Sie hatte es sich die ganze letzte Woche ins Gedächtnis rufen müssen. Aber er sah wirklich verwundbar aus, traurig und bemitleidenswert, und – verdammter Kerl! – es ging ihr nahe.

»Du solltest ein Steak auf dein Auge legen«, riet sie so kühl wie möglich.

»Das hatte ich vor«, erwiderte er.

Sie nahm seinen Arm und zog ihn zum Haus. »Dann komm.«

Rafe folgte Maggie widerspruchslos ins Wohnzimmer, was ihr sehr verdächtig vorkam, aber sie schob es auf Müdigkeit und Schmerzen. Im Kühlschrank fand sie ein frisches Steak, ohne Kathleens Hilfe, da die Haushälterin damit beschäftigt war, das Abendessen zu verbrennen, und brachte es ins Wohnzimmer. Rafe lag ausgesteckt in seinem Sessel, mit zurückgelegtem Kopf und geschlossenen Augen, und sah tatsächlich aus, als habe er beträchtliche Schmerzen.

Maggie trat hinter seinen Sessel und legte ihm behutsam das rohe Fleisch auf das verletzte Auge. Rafe machte keine Anstalten, es selbst festzuhalten, aber er seufzte leise.

»Danke, Maggie. Das tut gut.«

Jetzt hob er den Arm, aber nur, um ihre freie Hand zu ergreifen und an seine Wange zu legen.

»Hast du dir wirklich die Nase gebrochen?«

Er lächelte mutwillig. »Nicht richtig. Es ist nur ein leichter Riß. Die ersten beiden Male hatte ich viel schlimmere Schmerzen.«

»Du hast dir schon dreimal die Nase gebrochen?«

»Um ganz korrekt zu sein, hat mir jemand anderer dreimal die Nase gebrochen. Drei verschiedene Personen. Vier, eigentlich, da mich beim ersten Mal zwei gleichzeitig bearbeitet haben.«

»Hast du schon einmal überlegt, daß eine Prügelei nicht gerade der vernünftigste Weg ist, einen Streit zu beenden?« bemerkte Maggie sanft.

»Oh, es klappt im allgemeinen ganz gut«, antwortete er stolz.

Maggie seufzte. »Es muß dein irisches Blut sein.«

»Oder die Zusammenstellung meines Bluts. Die Apachen waren keine Feiglinge, wenn es sich ums Kämpfen handelte, und die Spanier und Mexikaner auch nicht. Das irische Blut macht mich nur ein bißchen hitzköpfiger.«

Maggie fiel jetzt auf, daß er zum ersten Mal nicht aufgestanden war, als sie den Raum betreten hatte, und diese winzige Abweichung von seinen üblichen guten Manieren erfüllte sie mit Zärtlichkeit. Diesem Gedanken folgend, sagte sie: »Du hast sehr . . . altmodische Manieren. Welcher Teil deines Erbgutes ist dafür verantwortlich?«

»Oh, das hat wenig mit Erbgut zu tun«, erwiderte Rafe leise lachend. »Das war meine Mutter. Dad brachte sie nach dem Krieg hierher. Sie war eine echte irische Braut, klein, mit schwarzem Haar und lachenden dunklen Augen, und sie sorgte für die gute Erziehung ihrer Jungen. Sie hat sie uns praktisch eingebläut, und ich glaube, keiner von uns hat es vergessen, obwohl es schon fünfzehn Jahre her ist . . .«

Maggie strich unbewußt über seine Wange, um dann ihre Hand zu seinem Kinn hinuntergleiten zu lassen. Er versteifte sich unter ihrer Berührung, und ihre Kehle wurde eng, als sie merkte, wie sehr er seine Mutter immer noch zu vermissen schien.

»Sie bestand darauf, daß wir uns stets zum Dinner

umzogen. Auf Killara tun wir es heute noch – am Tisch meiner Mutter.«

Maggies Hand ruhte nun auf seiner Brust, und sie beugte sich vor und legte ihre Wange an seine. Wie alt war er gewesen, als er seine Eltern verlor? Siebzehn? Sie war sechzehn gewesen, als es zum Bruch mit ihrem Vater gekommen war und sie ihn damit praktisch auch verloren hatte.

Rafe hatte wenigstens seine Brüder.

Nach langem Schweigen sagte er: »Wir können unserer Vergangenheit nicht entfliehen, nicht wahr, Maggie-Darling? Entfernt oder nah . . . unsere Vergangenheit ist uns immer gegenwärtig.«

»Ich kenne meine . . . entfernte Vergangenheit nicht«, entgegnete Maggie, ebenfalls sehr leise. »Ich weiß, daß ich irischer Abstammung bin, aber ich habe keine Ahnung, ob einer meiner Vorfahren eine Indianerin geheiratet hat oder auf Boot Hill begraben ist. Ich besitze kein Familienwappen, das ein Vorfahre mit Sinn für Humor ausgewählt hat. Ich kann mir kein Land anschauen im Bewußtsein, daß es schon seit Generationen meiner Familie gehört, oder mich zum Dinner am Tisch meiner Mutter umziehen . . .«

Als ihre wehmütige Stimme verklang, riß Rafe sich das Steak vom Auge und warf es beiseite. Er griff sanft nach Maggies Handgelenk und zog sie um den Sessel herum auf seinen Schoß. Er hielt Maggie in den Armen und spielte mit ihren Zöpfen, bis sich die elastischen Bänder lösten und ihr Haar ihr wie ein honigfarbener Vorhang auf den Rücken fiel.

Unglaublich zärtlich sagte er: »Armes Kind. So allein zu sein! Kein Wunder, daß du unbedingt eine eigene Ranch haben willst.«

»Meine Ranch«, flüsterte sie. »Auf der ich allein zu sagen habe und mein eigener Herr bin. Das ist sicher nicht leicht. Aber die Kontrolle zu haben . . . Pferde mit anderen Blutlinien zu kreuzen und zu *wissen*, welche Charakterzüge man erzeugt . . . Nichts dem Zufall überlassen . . .«

Maggie seufzte, als sie merkte, daß die Situation nun umgekehrt war. Sie hatte Rafe trösten wollen, und nun tröstete er sie und bemühte sich, einen Schmerz zu lindern, von dem sie erst jetzt gemerkt hatte, daß er überhaupt existierte.

»Du bist wie deine Pferde«, murmelte sie sehnsüchtig. »Du hast einen Stammbaum und Blutlinien, die du bis zu den Anfängen zurückverfolgen kannst. Wie war es, als Delaney aufzuwachsen?« fragte sie, von einer süßen Schwäche erfüllt, als Rafe nicht aufhörte, sie zu streicheln. »Ich hörte, daß ihr die ›Shamrock Trinity‹ genannt werdet. Was bedeutet es für dich, ein Teil einer Dreiheit zu sein?«

Rafe schwieg für einen Moment. »Es bedeutete, zu einer Familie zu gehören und über Wurzeln zu verfügen. Es bedeutete wilde Kinderspiele im alten Festungsturm, den meine Vorfahren aus Irland ab- und in Killara wieder aufgebaut hatten. Es bedeutete, die Tagebücher von Vorfahren zu lesen und sich zu fragen, ob die Gegenwart je so aufregend wie die Vergangenheit werden konnte. Es bedeutete . . . Verantwortung.«

Er lächelte wehmütig. »Es gehörte zu meiner Kindheit, Maggie – gemeinsam bestraft zu werden, wenn wir etwas angestellt hatten. Einmal geschah es, als wir eine Uhr zerbrochen hatten.«

»Eine Uhr?«

»Eine sehr, sehr alte Uhr. Sie war aus Moorholz, aus den Sümpfen von Irland, handgeschnitzt und mit dem Delaney-Wappen versehen. Der alte Shamus brachte sie nach Amerika, und sie lief perfekt, bis sie meinen

Brüdern und mir in die Hände fiel. Danach hat sie nie wieder richtig funktioniert.«

»Wer war es?« fragte Maggie neugierig.

»Ich nicht«, gab Rafe lachend zurück.

»Keiner von euch hat es zugegeben?«

»Genau, deshalb wurden wir alle drei bestraft. Eine ganz normale Familiengeschichte.«

Maggie schwieg eine Zeitlang, dann sagte sie: »Du warst der Jüngste. Hat das einen Unterschied gemacht?«

»In meiner Kindheit? Nicht mehr als in anderen Familien. Natürlich existierte ein gewisses Konkurrenzdenken zwischen uns, aber auch das ist nichts Ungewöhnliches. Wir standen uns immer sehr nahe – vielleicht, weil kein großer Altersunterschied zwischen uns bestand. Oder weil es nie Auseinandersetzungen über unsere jeweiligen Aufgaben in den Familienunternehmen gab. Burke war der Intelligenteste von uns, der geborene Geschäftsmann. York war der Abtrünnige, der Rebell, und für ihn waren die Bergwerksinteressen der Familie das Naheliegendste. Bei mir waren es schon immer die Pferde.«

Maggie rührte sich nicht. Sie hatte den Kopf auf seine Schulter gelegt und hörte ihm gespannt zu. Ihre Müdigkeit machte sie verwundbar, aber die boshaften Gerüchte, die über Rafe in Umlauf waren, verblaßten allmählich, während sie auf seinem Schoß saß und ihm zuhörte. Konnte ein Don Juan, ein gewissenloser Charmeur so sensibel sein, daß er ihre Trauer, keine Wurzeln zu besitzen, spürte und sie zu lindern versuchte?

Spiegelkabinett: ein Mann, der ein Dutzend Männer in sich vereinigte . . . Es ergab keinen Sinn! Wie sah Rafes wahres Gesicht aus?

Aber Maggie war zu müde, um darüber nachzudenken. Schläfrig atmete sie Rafes angenehmen Duft ein und akzeptierte, was er in diesem Augenblick war. Es war ihr kaum bewußt, daß sie leise sagte: »Du bist ein äußerst verwirrender Mensch, Boß«, und spürte mehr, als sie hörte, daß er lachte.

Sie hätte es nie für möglich gehalten, daß sie in seinen Armen einschlafen konnte, aber das letzte, woran sie sich erinnerte, war eine kurze Unterhaltung, die kaum in ihr Bewußtsein vordrang.

»Möchten Sie etwas essen, Mr. Rafe?«

»Ich glaube nicht, Kathleen. Vielen Dank.«

»Sie war sehr unruhig gestern nacht. Ich glaube, sie hat Sie vermißt.«

»Das hoffe ich.«

Ich habe ihn nicht vermißt, dachte Maggie schläfrig.

»Mr. Rafe, der Juwelier rief heute an, wegen des Rings, den Sie ihm zum Reinigen gebracht haben. Ist es der Ring, den Ihre liebe Mutter für Ihre Braut bestimmt hatte?«

»Psst, Kathleen! Ist er fertig?«

»In ein paar Tagen, sagte der Mann.«

»Gut. Sehr gut.«

Sehr viel später trug Rafe die schlafende Maggie in ihr Zimmer, und es kostete ihn seine ganze Willenskraft, sie nur sanft aufs Bett zu legen und ihr nichts als die Schuhe auszuziehen. Er blieb einen Moment vor ihr stehen und betrachtete sie sehnsüchtig. Sein Herz machte einen schmerzhaften Sprung, weil ihr schönes Gesicht so unglaublich verletzlich wirkte im Schlaf.

Meine schöne Maggie, dachte er, mißtrauisch wie ein nervöses Fohlen, wenn du wach bist. Aber dann dachte er an ihre sanften Hände, die ihn getröstet und gestreichelt hatten, als er litt. Sie waren sich in diesem Augenblick geteilten Leids näher gekommen als je zuvor.

Ein Teil von Rafe war bereit, sein Schicksal jetzt gleich

auf die Probe zu stellen. Er konnte Maggie mit einem Kuß aufwecken und auf die Reaktion hoffen, die er schon mehr als einmal bei ihr erlebt hatte. Aber trotz seines angeborenen Draufgängertums hatte Rafe in den letzten Tagen eine ganz neue Eigenschaft bei sich entdeckt, geboren aus seiner Liebe zu Maggie: Vorsicht. Eine fast verzweifelte Vorsicht. Hätte sie ihm weniger bedeutet, wäre er jetzt ganz sicher zu ihr ins Bett gestiegen, um dem Drängen seines Herzens und seines Körpers nachzugeben.

Aber dazu bedeutete sie ihm zuviel.

Während er ihr schlafendes Gesicht betrachtete, kam ihm schmerzhaft zu Bewußtsein, daß sie das einzige war, was er vielleicht nicht bekommen würde, so brennend er es sich auch wünschte. Stolz, Macht, Reichtum – nichts davon würde ihm Maggies Liebe sichern.

Rafe wagte nicht, zu schnell vorzugehen. Indem er sie neckte und mit ihr flirtete, konnte er – mühsam – seine Gefühle beherrschen. Und ihr Lachen und das fröhliche Aufleuchten ihrer Augen waren ihm seine schlaflosen Nächte wert. Oder ihr unterdrücktes Kichern zu hören, wenn sie ihn statt dessen ganz offensichtlich lieber angeschrien hätte.

Doch Rafe wußte nicht, wie lange er noch so weitermachen konnte wie in den vergangenen Wochen. Denn daß er so weitermachen mußte, war ihm klar, wenn er Maggie im Glauben belassen wollte, es handelte sich nur um einen Flirt. Sobald sie merkte, wie es tatsächlich um seine Gefühle bestellt war, würde ihre eigene Unsicherheit sie die Flucht ergreifen lassen, bevor sie Gefühle für ihn entwickeln konnte.

Sein Leben lang war Rafe sich seines Platzes in der Familiengeschichte bewußt gewesen. *Blutlinien*, hatte Maggie es genannt und erklärt, ihre eigenen nicht zu kennen, und das schien etwas zu sein, was sie mächtig beunruhigte. Sie wünschte sich eine Ranch, um ihr eigener Herr zu sein, und Rafe war gar nicht sicher, ob sie bereit gewesen wäre, *seine* Ranch mit ihm zu teilen. Sie hatte so lange so hart gearbeitet, um sich einen Namen zu schaffen, und keine Unterstützung dabei gehabt, außer ihren eigenen Fähigkeiten und ihrer eisernen Entschlossenheit.

Wie er sie dafür bewunderte! Er selbst war mit einem Namen geboren, dem andere Macht verliehen hatten, und obwohl es Rafe nie sonderlich gestört hatte, fragte er sich nun, ob er heute in der gleichen Position wäre, wenn er es aus eigener Kraft hätte schaffen müssen.

Ein ernüchternder Gedanke.

Rafe hatte sich mit Geschicklichkeit und Tüchtigkeit einen Platz im Delaney-Imperium geschaffen. Aber es war immer *sein* Land gewesen, es waren *seine* Pferde, mit denen er arbeitete. Er war nie gezwungen gewesen, für andere zu arbeiten oder sich den Wünschen anderer zu beugen.

Zum ersten Mal begann er zu verstehen, was York vor einigen Jahren dazu getrieben hatte, sich etwas zu beweisen. Natürlich hatte York noch ein zusätzliches Motiv gehabt. Er hatte das Bedürfnis verspürt, sich als starken Mann zu zeigen und nicht nur als starken Delaney. Aber Rafe nahm sich vor, von nun an nicht mehr so heftig darauf zu drängen, daß sein ruheloser Bruder zu Hause blieb.

Zu Hause . . .

Rafe wandte sich ab und verließ Maggies Zimmer nach einem letzten Blick auf ihre schlafende Gestalt. Er hatte ihre wachsende Liebe zu diesem Land bemerkt und hoffte, sie überzeugen zu können, daß es ihre Heimat war, der Ort, an den sie gehörte.

Aber in der Zwischenzeit blieb ihm nichts anderes übrig, als seine spielerische ›Verführung‹ fortzusetzen.

Maggie mißtraute dem Draufgänger Rafe, aber selbst wenn sie ihn gereizt zurechtwies, war stets ein vergnügtes Funkeln in ihren Augen.

Rafe liebte es, wenn sie lachte.

Er zögerte einen Augenblick vor der Küchentür und horchte auf das Klappern von Geschirr. Sein nächster Schritt war riskant, das war ihm klar. Aber Maggie schien jetzt zugänglicher zu sein, und daher war es möglich, daß sie seine Argumente akzeptierte. Vielleicht . . . Rafe strich sich über den verbundenen Nasenrücken und dachte zufrieden, daß er mit seinem arg zugerichteten Gesicht sogar bei einer Steinfigur Mitleid ausgelöst hätte.

Aber Maggie war nicht aus Stein, und wenn er den richtigen Zeitpunkt für seinen Vorschlag wählte, ging sie vielleicht darauf ein.

Er bemühte sich, eine besorgte Miene aufzusetzen, bevor er die Küche betrat. »Kathleen? York braucht dich . . .«

Maggie schlug die Augen auf und stellte fest, daß sie sich in ihrem eigenen Zimmer befand und daß es, dem hellen Sonnenschein nach zu urteilen, schon später Morgen war. Sie wußte, daß heute Sonntag war, und stellte verwundert fest, daß sie in ihren Kleidern geschlafen hatte.

Sie erinnerte sich vage an eine Unterhaltung zwischen Kathleen und Rafe – etwas über einen Ring? – aber das war auch alles. Rafe mußte sie ins Bett getragen haben . . .

Der Gedanke entnervte sie dermaßen, daß sie rasch aufstand und ihre zerknitterten Sachen auszog.

Vor einigen Tagen hatte er sie aufgefordert, sich mindestens einen Tag in der Woche freizunehmen, und sie hatte sich für den Sonntag entschieden, weil es auf der Ranch an diesem Tag im allgemeinen sehr ruhig war. Heute. Da sie nicht damit rechnete zu reiten, entschloß sie sich aus einem Impuls heraus, ausnahmsweise einmal keine Hosen anzuziehen, sondern einen Jeansrock, zu dem eine rotkarierte Bluse gehörte, die sie locker um die Taille knotete.

Aus einer weiteren Eingebung heraus verzichtete sie darauf, ihr Haar zu flechten und bürstete es, bis es ihr wie ein goldener Schleier auf die Hüften fiel.

Dann verließ sie ihr Zimmer und ging durch das stille Haus zur Küche, wo sie sich Orangensaft auspreßte und eine Scheibe Toastbrot aß. Nach diesem kargen Frühstück wanderte sie ruhelos durch das Haus. Wo war Rafe? Und Kathleen?

Maggie folgte einem schmalen Korridor, der in einen anderen Flügel des Hauses führte, und ihre Rastlosigkeit verwandelte sich in Neugier, als sie sah, daß es sich um den ältesten Teil des Hauses handelte. Die Mauern bestanden aus Adobeziegeln, und die Räume waren klein und mit winzigen Fenstern versehen. Rafes Erzählungen nach schien das Haus im Laufe der Jahre mehrmals vergrößert worden zu sein, genau wie Killara. Die meisten der Räume dieses alten Teils wurden anscheinend als Lager benutzt, denn sie waren vollgestopft mit Möbeln und anderen antiken alten Gegenständen.

Eines dieser Zimmer weckte Maggies Interesse ganz besonders, und nach kurzem Zögern ging sie hinein. Es mußte irgendwann eine Bibliothek oder ein Arbeitszimmer gewesen sein, denn es war mit hohen Regalen versehen, die verstaubte, alte Bücher enthielten. Bei einigen von ihnen schien es sich um Tagebücher und Notizbücher zu handeln. Die beiden anderen Wände schmückten gerahmte Landkarten, und neben der Tür befand sich ein weiteres Regal mit einer erstaunlichen

Kollektion von Maßkrügen – einige aus Silber, andere aus feinstem Porzellan, das aussah, als sei es noch nie mit einem Tropfen Bier beschmutzt worden.

»Da bist du ja!« meinte Rafe von der Tür her. »Ich hatte dich schon gesucht.«

Für einen Moment konnte Maggie ihn nur anstarren. Obwohl die Schwellung um Augen und Nase zurückgegangen war, trug sein Gesicht noch die Spuren diverser Faustschläge, und seine Haut schimmerte in allen Regenbogenfarben.

»Du siehst ja schrecklich aus!« sagte sie impulsiv, aber in Gedanken fügte sie hinzu: Für mich wird er nie wirklich schrecklich aussehen.

»Danke«, versetzte er trocken.

»Du siehst aus, als kämst du aus dem Krieg.«

»So ähnlich fühle ich mich auch.« Er machte einen Schritt auf sie zu. »Ich werde allmählich zu alt, um mit meinem Körper Kleinholz aus einem Tisch zu machen.«

»Hast du das getan?« fragte Maggie erstaunt.

Rafe lachte leise. »Er brach unter mir zusammen. Jemand hatte mich darauf geworfen.«

Sie nahm rasch seinen Arm und führte ihn zu einem gepolsterten Ledersessel. »Setz dich, bevor du umfällst.«

»Keine Angst, ich werde es schon überleben.« Aber als er sich setzte, zuckte er zusammen.

Maggie betrachtete ihn forschend. Ihre Neugier war geweckt. »Ich vermute, daß auch deine Brüder an der Prügelei teilgenommen haben?«

»Selbstverständlich. Wir Delaneys halten zusammen – oder stürzen zusammen, wie dieses Mal. Aber ich glaube, ich habe am meisten abgekriegt. Wie immer«, fügte er gelassen hinzu.

»Hast du nie gelernt, wie man sich duckt?« fragte sie lachend.

»Duckt?« entgegnete Rafe entrüstet. »Wie Burke mir

ständig versichert, ist Prügeln eine Kunst für sich. Man *duckt* sich nicht. Man weicht den Schlägen aus, so gut man kann, aber man duckt sich nicht.«

»Dann hättest du geschickter ausweichen sollen.«

»Wenn von allen Seiten Fäuste auf einen zukommen, ist es nicht leicht, zu entscheiden, in welche Richtung man ausweichen soll.«

Maggie zog eine Braue hoch. »Das klingt, als hätte die Prügelei in einer Bar stattgefunden.« Als Rafe daraufhin eine etwas verlegene Miene aufsetzte, mußte Maggie lachen. »Es *war* in einer Bar, nicht wahr?«

»Mein irisches Blut«, murmelte er.

»In Hell's Bluff?« Es war eher eine Feststellung als eine Frage, und Rafe nickte zustimmend. Zwar verfügte Maggie nicht über hellseherische Fähigkeiten, aber irgend etwas in seinem Gesichtsausdruck veranlaßte sie, beharrlich weiterzuforschen. »Ich dachte, es sei eine Bergwerksstadt. Gibt es dort eine Bar?«

Rafe verzog das Gesicht und antwortete widerstrebend: »So etwas Ähnliches.«

»Wie heißt sie?«

Er seufzte ergeben. »›Soiled Dove‹ – die befleckte Taube.«

Maggie starrte ihn an, dann sagte sie ganz offen: »Das klingt nach einem Bordell.«

Rafe schien plötzlich fasziniert von seinen geschwollenen Fingerknöcheln zu sein.

Sie hätte am liebsten laut gelacht. Oder ihm irgend etwas über den Kopf geschlagen. »Ihr habt euch in einem Bordell geprügelt?«

»Komm bitte nicht auf falsche Ideen«, erwiderte Rafe mit gequälter Miene.

»Auf was für Ideen könnte ich schon kommen? Ich bin höchstens erstaunt, daß ein Delaney dafür bezahlen muß«, entgegnete sie betont höflich.

Rafe schaute sie bittend an und berührte das Pflaster über seiner Nase. »Sehe ich etwa aus, als hätte ich mich dort vergnügt?«

»Ja.« Es war Maggie durchaus bewußt, wie albern es war, die Rolle der empörten Freundin zu spielen – albern und gefährlich – aber sie war fasziniert von Rafes offensichtlicher Beschämung und weidete sich an seiner Verlegenheit.

»Ich war nur da, um York zu helfen . . .«

»In seinem Alter braucht er noch Hilfe dabei?«

»*Diese* Hilfe habe ich nicht gemeint!« Rafe fuhr sich mit den Fingern durch sein schwarzes Haar. »Hör zu, Maggie – York brauchte wirklich Hilfe, deshalb sind Burke und ich nach Hell's Bluff geflogen. Es war reiner *Zufall,* daß alles in einer Prügelei endete, und es war ebenfalls *Zufall,* daß sie im ›Soiled Dove‹ stattfand.«

Maggie biß sich auf die Lippen, um nicht zu kichern. »Eine glaubwürdige Erklärung«, sagte sie anzüglich.

»Es ist die reine Wahrheit!« entgegnete er beleidigt.

Sie glaubte ihm. Warum, das wußte sie selber nicht, aber sie glaubte ihm. Und als sie seine verletzte Miene sah, konnte sie das Lachen nicht mehr zurückhalten.

»Lach ruhig«, meinte er, »aber es war wirklich nicht unsere Schuld, daß wir gezwungen waren, uns zu prügeln.«

»Gezwungen? Soviel ich weiß, liebst du Prügeleien. Und vermutlich hast du die Gelegenheit dazu auch noch begrüßt!«

Rafes schwarze Augen funkelten vergnügt. »Nun ja, ich gebe zu, daß ich nicht gezögert habe. Ein guter Kampf ist das beste Mittel, um Dampf abzulassen. Und ich hatte in letzter Zeit einige Probleme mit . . . überschüssiger Energie.«

Maggie sah ein, daß sie keine Nerven hatte, *diese* Feststellung zu diskutieren, und drehte sich zu dem

Regal an der Tür um. »Diese Bierkrüge sind sehr hübsch. Hast du sie gesammelt?«

Rafe lachte leise, ging jedoch bereitwillig auf den Themenwechsel ein. »Ja.«

Maggie nahm einen schweren Silberkrug in die Hand und ließ ihren Zeigefinger über eine ausgeprägte Delle im Metall gleiten. »Ich nehme an, daß jeder Krug eine Geschichte hat, nicht?«

»Genau. Diesen hat mir York geschenkt. Er fand ihn in Mexiko.«

Maggie schaute sich zu Rafe um und deutete auf die Delle im gehämmerten Silber. »Wie ist das passiert?«

»Eine Kugel. York war . . . Nun ja, er rannte um sein Leben, und der Krug bewahrte ihn vor einer schlimmen Schußwunde.«

Maggie blinzelte verwirrt und stellte den Krug zurück. »Aha.« Auch *diese* Frage wollte sie lieber nicht weiter verfolgen, und so nahm sie statt dessen einen zierlichen Bierkrug aus Porzellan in die Hand. »Und dieser hier?«

Für einen Moment glaubte sie, so etwas wie Humor in Rafes Augen aufblitzen zu sehen, aber sein Gesichtsausdruck blieb völlig ernst. »Der stammt von Burke. Eine deutsche Baronin schenkte ihn ihm, in der Hoffnung, daß er Burke an die gemeinsame Nacht mit ihr erinnerte. Aber wie du siehst, hatte Burke kein Interesse daran, erinnert zu werden.«

Maggie stellte den Krug zurück und wagte nicht, sich nach der Geschichte eines weiteren zu erkundigen. »Du und deine Brüder . . . ihr scheint ein interessantes Leben zu führen.«

Rafe runzelte die Stirn und wirkte leicht beunruhigt. »Zu interessant manchmal. Und oft sogar gefährlich.«

Maggie maß ihn mit einem prüfenden Blick. »Gefährlich?«

Doch Rafe schien plötzlich meilenweit entfernt zu sein.

»Manchmal macht einen die Tatsache, ein Delaney zu sein, zur Zielscheibe von . . .«

Eine kalte Hand griff nach Maggies Herz. »Zu einer Zielscheibe? Du?«

Rafe zuckte die Schultern, als müsse er unangenehme Gedanken abschütteln. »Ich? Nein. Aber Burke ist es im Moment.« Etwas gelassener fuhr er dann fort: »Wie auch immer, es stimmt, daß meine Brüder ein interessantes Leben führen. Meins dagegen ist sterbenslangweilig.«

»Ha!«

»Die Dame zweifelt an meinen Worten, wie ich sehe. Das ist ja etwas ganz Neues, nicht wahr?« fügte er ironisch hinzu und stöhnte leise auf, als er eine Bewegung machte.

Maggie vergaß seine Vergangenheit und die unbekannte Gefahr, die die Delaneys zu bedrohen schien, und schaute Rafe besorgt an. Sein verzerrtes Lächeln und sein seltsam ausdrucksloser Blick griffen ihr ans Herz. Er kam ihr müde und verwundbar vor, und nicht einmal sein oberflächliches Gerede konnte die Sorge vertreiben, die sie beherrschte.

»Du solltest dich hinlegen«, schlug sie vor.

»Das wollte ich auch«, gab er zu. »Aber dann fühlte ich mich einsam und machte mich auf die Suche nach dir.«

Maggie befahl ihrem aufgeregt pochenden Herzen, sich zu beruhigen. »Jetzt hast du mich gefunden«, sagte sie so gelassen, wie möglich. »Sollen wir ins Wohnzimmer gehen? Dort kannst du dich auf die Couch legen. Wo ist übrigens Kathleen?«

Rafe war aufgestanden und warf Maggie einen unsicheren Blick zu. »Wenn du mir versprichst, meinen Motiven nicht zu mißtrauen, sage ich es dir. Ich bin zu müde und erschlagen, um eine Diskussion zu führen.«

»Wo ist Kathleen?« wiederholte Maggie ungerührt.

Rafe seufzte. »In Hell's Bluff. York brauchte sie, und

da konnte ich ihr nicht gut verbieten, zu ihm zu fahren, oder?«

Maggie war durchaus geneigt, seinen Motiven zu mißtrauen. Aber – verdammt! – er sah wirklich sehr verwundbar aus! Seufzend meinte sie: »Ich verstehe. Wie lange sie bleibt, weißt du sicher nicht?«

»Das kommt darauf an, wie lange York sie braucht«, erwiderte Rafe und warf Maggie einen flehenden Blick zu, fast wie ein Hund, der gestreichelt werden will.

Aber sie widerstand der Versuchung und ging ins Wohnzimmer voran. »Dann kümmere ich mich um das Mittagessen. Und um das Dinner auch.«

»Das brauchst du nicht, Maggie«, wandte Rafe unbehaglich ein. »Wie gesagt, ich habe dich nicht als Köchin eingestellt, und außerdem hast du heute deinen freien Tag. Wir könnten uns mit einem Snack begnügen, und morgen lasse ich jemand anderen kommen . . .«

»Laß es gut sein, Rafe. Es stört mich nicht.«

»Wenn du meinst . . .«

Sie verbrachten den ganzen Tag zusammen. Maggie bemühte sich, Distanz zu wahren, denn sie spürte, daß ihr Rafe in seinem geschwächten Zustand noch viel gefährlicher werden konnte als sonst. Aber obwohl sie es wirklich versuchte, gelang es ihr nicht, sich kühl und unbeteiligt zu geben, und sie konnte sich auch nicht dazu überwinden, ihn allein zu lassen.

Sie spielten Scrabble, schauten sich einen Film im Fernsehen an, und redeten. Im Laufe des Nachmittags ließ Maggies verkrampfte Haltung nach, bis sie völlig ungezwungen in Rafes Gesellschaft war und ihn sogar ab und zu – wenn auch unbewußt – berührte, worauf er mit rührend jungenhafter Freude reagierte.

Ein paarmal kam ihr der Gedanke, daß seine plötzliche

Zurückhaltung und Bescheidenheit nach seinen permanenten Flirtversuchen der letzten Wochen recht verdächtig waren. Doch sie schob den Gedanken jedesmal entschieden beiseite.

Auch den Alarm, den ihr Unterbewußtsein schlug, als sie irgendwann neben Rafe auf der Couch landete, ignorierte sie. Du mußt wahnsinnig sein, dachte sie abwesend. Es gab Dinge, denen man als vernünftiger Mensch besser aus dem Weg ging. Wilde Stiere, bissige Hunde, Giftschlangen . . .

Oder verwundete Wüstlinge.

Rafe zog sie an sich, und sie wehrte sich nicht. »Wie zierlich du bist«, murmelte er.

Maggie schaute zu, wie ihre Arme sich um seinen Hals schlangen, als besäßen sie einen eigenen, von ihrem Verstand unabhängigen Willen. Ihr war bewußt, daß der Augenblick zur Flucht gekommen war, aber sie konnte sich nicht rühren.

Seine Verletzungen behinderten ihn nicht, als er Maggies Kinn mit zärtlichen Küssen bedeckte und seine Lippen ihr Gesicht so sanft erforschten, daß sie es kaum merkte. Aber es reichte, um ihre sämtlichen Sinne zu wecken; ihre Knochen schienen sich aufzulösen, und mit ihnen ging der letzte Rest von Willenskraft verloren, der ihr bis dahin noch verblieben war.

»Du bist bezaubernd«, flüsterte Rafe ganz dicht an ihrem Mund. Sein warmer Atem streifte Maggies Lippen, und dann küßte er sie mit hemmungsloser Leidenschaft und so fordernd, als wolle er damit einen Besitzanspruch anmelden.

Ein heißes, drängendes Verlangen erwachte in ihr, und eine süße Schwäche erfüllte sie, die jeden Gedanken an Widerstand auslöschte. Nichts Spielerisches haftete Rafes Berührungen mehr an, und Maggie war so verloren, wie sie es immer schon geahnt hatte. Um nichts auf der Welt hätte sie Rafe jetzt noch aufhalten können.

Aber wie sich herausstellte, war das gar nicht nötig.

Sie schlug widerstrebend die Augen auf, als er den Kopf hob, und – bebend vor innerer Erregung – konnte sie nichts anderes tun, als ihn betroffen anzustarren.

Rafe strich sanft über ihre Wange. Seine schwarzen Augen brannten vor unterdrückter Leidenschaft, aber dann erschien ein übermütiges Funkeln in seinem Blick, und vor ihren Augen verwandelte er sich von einem geschwächten, verwundeten Jungen in einen triumphierenden Charmeur.

»Wer hat behauptet, du wärst gerissener als ich?« murmelte er.

6

Eine volle Minute lang konnte Maggie ihn nur anstarren. Ihr träger Verstand quälte sich mit Rafes Frage herum, bis sie sich an jenen Tag im Lagerraum erinnerte, an dem sie zu einem Trick gegriffen hatte, um ihm zu entkommen. Er hatte es als Herausforderung betrachtet, daß sie behauptete, gerissener zu sein als er . . .

Und welcher Delaney hätte einer solchen Herausforderung schon widerstehen können?

Ihr rasch erwachter Zorn gab ihr die nötige Kraft, sich aus seinen Armen zu lösen und aufzustehen. Sie strich ihren Rock glatt, zupfte ihre Bluse zurecht und schaute Rafe dann erst an. Betrachtete diesen raffinierten, hinterlistigen Teufel, der sie derart geschickt manipuliert hatte, daß sie die Gefahr, die er für sie darstellte, völlig vergessen hatte.

»Du . . .«

»Sag es nicht!« unterbrach er sie lachend. »Eine Dame würde nie sagen, was dir auf der Zunge liegt.«

»Bist du jetzt stolz auf dich?« fragte sie schroff.

Das Lachen verschwand aus seinen Augen, und er schaute lange zu ihr auf, bevor er sich erhob. Er war ernster, als sie ihn je gesehen hatte. »Nicht besonders.«

Die Antwort überraschte sie, aber sie hatte kein Verlangen nach weiteren Überraschungen. »Warum hast du es dann getan?« fuhr sie fort. »Um dir etwas zu beweisen? Um einen Sieg verzeichnen zu können? Weil ein Delaney nicht verlieren kann?« Bevor er etwas entgegnen konnte, fügte sie hinzu: »Na schön, du hast gewonnen! Und ich werde dir nicht die Befriedigung verschaffen, dich anzulügen.«

Als sie sich abwenden wollte, griff Rafe nach ihrem Handgelenk. »Darf ich fragen, was ich gewonnen habe, Maggie?« wandte er ruhig ein.

Sie schaute ihn grollend an, fast so wütend auf sich selbst wie auf ihn. Er hatte sie die Kontrolle über sich verlieren lassen, und das entsetzte sie in mehr als einer Hinsicht. »Du weißt schon, was«, sagte sie erregt. »Wir wissen beide, daß ich . . . daß ich mich nicht gewehrt hätte, wenn . . .«

»Wenn ich dich in mein Schlafzimmer getragen hätte?« In seinen Augen lag ein Ausdruck, den sie noch nie an ihm gesehen hatte, etwas völlig Undefinierbares, bei dessen Anblick ihr der Atem stockte. »Ja, das wußte ich, doch ich habe es nicht getan, Maggie. Ich hätte es gekonnt, aber ich habe darauf verzichtet.«

»Du wolltest mir nur etwas beweisen!« rief sie hitzig.

»Ja.« Rafes Stimme blieb ganz ruhig. »Aber ich glaube, du hast nicht begriffen, was.«

Maggie wollte sich losreißen, aber er ließ ihr Handgelenk nicht los. »Ich habe alles begriffen, keine Angst!«

»So?« fragte er seufzend. »Vor ein paar Minuten gab es nur eins, was ich noch lieber getan hätte, als mit dir zu schlafen.«

Maggie dachte nicht daran, zu fragen, was das war, und wieder seufzte er.

»Maggie, der Wüstling, für den du mich hältst, hätte dich bedenkenlos in sein Bett getragen. Und der liebe Himmel weiß, daß mein Verlangen nach dir so stark ist, daß ich fast alles andere darüber vergesse. Nur eins nicht – wofür du mich hältst. Das kann ich nicht vergessen. Und ich hatte gehofft . . .« Er schüttelte den Kopf und gab ihre Hand mit einem Schulterzucken frei. »Aber anscheinend habe ich mich geirrt, nicht wahr?«

Maggie rieb mit abwesender Miene ihr Handgelenk, obwohl Rafe ihr nicht weh getan hatte. Sie starrte ihn verblüfft an und fragte sich, ob er sich jetzt schon wieder eine neue Rolle ausgedacht hatte. »Du . . . ich weiß nicht, was du meinst«, murmelte sie schließlich. Seltsamerweise war ihr Zorn verflogen.

»Doch, ich glaube, du weißt es. Wenn es mir nur um eine weitere ›Trophäe‹ ginge, lägen wir jetzt in meinem Bett, Maggie.« Er verzog den Mund. »Selbstverleugnung gehört nicht zu den Tugenden eines Wüstlings. Um jedoch ganz ehrlich zu sein – *meine* Stärke ist es auch nicht. Es hat nur sehr wenige Dinge in meinem Leben gegeben, die ich mir gewünscht habe und die unerreichbar für mich waren.«

Er wandte sich abrupt ab, ging zum Kamin und betrachtete die Holzscheite, die nur auf eine kalte Nacht und ein Streichholz warteten. »Eigentlich nur eins«, sagte er sehr leise. »Und das bist du.«

Maggie löste ihren Blick von seinem Profil und starrte auf ihr Handgelenk, das sie massierte, überrascht, daß

Rafes Hand keine Spuren auf ihrer Haut hinterlassen hatte. Sie glaubte seinen Griff noch immer zu spüren. Und ihr Herz klopfte so heftig, daß sie das Gefühl hatte, zu ersticken. »Du hast es dir gerade bewiesen«, sagte sie gepreßt. »Daß ich nicht unerreichbar für dich bin. Du hättest . . . mich haben können. Ich hätte nicht nein gesagt.«

»Das stimmt. Du hättest nicht nein gesagt«, räumte er ein. »Aber morgen früh – oder noch vorher – wärst du noch unerreichbarer für mich gewesen. Das weiß ich so sicher, wie ich meinen Namen kenne.«

Rafe betrachtete sie stumm, und Maggie entdeckte wieder etwas Neues an ihm – einen nachdenklichen, fast niedergeschlagenen Gesichtsausdruck, der eine seltsame Faszination auf sie ausübte. Dann verzog er den Mund und lächelte gequält.

»Wenn ich ein Wüstling wäre, Maggie, hätte ich die Gelegenheit ergriffen, dich wenigstens für eine Nacht in den Armen zu halten. Und morgen früh, beim Abschied, hätte ich dir ein phantastisches Empfehlungsschreiben für deine nächste Bewerbung als Trainerin versprochen – denn wir wissen beide, daß du fortgegangen wärst. Und ich wäre immer ein Wüstling für dich geblieben – und eine bittere Erinnerung.«

Rafe schwieg einen Moment, um dann leise fortzufahren: »Aber ich bin nun mal kein Wüstling, Maggie, und meine Reputation beruht nicht auf einer großen Anzahl gebrochener Herzen, das kannst du mir gern glauben. Ich habe noch nie mit einer Frau geschlafen, um ausschließlich meine sexuellen Bedürfnisse zu befriedigen oder meiner Liste der Eroberungen einen weiteren Namen hinzuzufügen.«

Er seufzte schwer. »Ich weiß nicht, was ich dir sonst noch sagen soll. Vielleicht habe ich mir die Situation erschwert, indem ich dir den Wüstling vorspielte, aber ich dachte, du würdest merken, wie absurd das war. Ich würde lügen, wenn ich behauptete, es hätte mir keinen Spaß gemacht. In jedem Mann steckt ein Wüstling, glaube ich, und dein Lachen war der Preis, den ich dafür gezahlt habe, durchaus wert.«

»Preis?« wiederholte sie verwirrt.

»Schlaflose Nächte. Und die Angst, zu weit zu gehen und dich für immer zu verjagen.«

Maggie wußte, daß sie im Augenblick keines klaren Gedankens fähig war und ihrem Denken Logik fehlte. Sie nahm daher an, daß Rafe nur wieder Theater spielte und seine Worte nichts als ein neuer Trick waren. Aber es blieb die unverrückbare Tatsache, daß er die Möglichkeit gehabt hatte, mit ihr ins Bett zu gehen – und darauf verzichtet hatte. Verstört schüttelte sie den Kopf. »Was willst du von mir?«

Rafe zögerte, dann ging er zu ihr und schaute ihr tief in die Augen. »Dein Vertrauen, Maggie«, sagte er mit heiserer Stimme. »Ich möchte, daß du die Gerüchte über mich vergißt und mich wirklich siehst. Du sollst *mich* sehen, und nicht den Mann, der durch Zufall einen bekannten Namen geerbt hat und ebenso zufällig dein Arbeitgeber ist.«

»Und dann?« Sie spürte Tränen hinter ihren Lidern brennen, und eine namenlose Angst schnürte ihr die Kehle zu.

Rafe schaute sie bittend an. »Dann – hoffe ich – wirst du lernen, zu lieben, was du siehst.«

Maggie blinzelte, um ihre Tränen zurückzudrängen. »Es hätte keinen Zweck, Rafe.«

»Maggie, ich . . .«

»Es hat keinen Sinn. Ich bin sicher, daß die Rolle eines Märchenprinzen wie auf dich zugeschnitten ist, aber ich würde eine lausige Bettlerin abgeben.«

Er betrachtete ihr Gesicht, das maskenhaft starr war,

und ihre veilchenfarbenen Augen, die von ungeweinten Tränen schimmerten. »Vergiß meinen Namen, Maggie«, sagte er zärtlich. »Wir sind zwei Menschen, ein Mann und eine Frau, die etwas füreinander empfinden. Nur das ist von Bedeutung.«

»So?« Sie lachte leise. »Nein. Du hast es selbst gesagt: wir können unserer Vergangenheit nicht entfliehen. Oder vergessen, wer wir sind. Du bist Rafe Delaney . . . und ich arbeite für dich. Was du besitzt, könnte ich in meinem ganzen *Leben* nicht verdienen.«

»Was ich besitze, Maggie«, sagte Rafe eindringlich, »ist mir praktisch in den Schoß gefallen! Es ist ein Zufall, daß ich als Delaney auf die Welt kam, und dieser Zufall hat mir von Anfang an einen Reichtum und eine Macht gesichert, wie sie heute kaum noch zu erlangen sind, weil Generationen nötig waren, um es aufzubauen. Ich habe Shamrock zu einem namhaften Gestüt gemacht, das ja, und dafür habe ich hart gearbeitet. Aber ich habe nicht von Grund auf angefangen. Falls es so gewesen wäre, könnten wir unsere Position auch nicht vergleichen, Maggie, denn ich hätte nicht einmal zehn Prozent dessen erreicht, was du geschafft hast!«

Sie holte tief Luft. »Lieb von dir, das zu sagen, aber . . .«

»Lieb!« fiel Rafe ihr hart ins Wort. »Verdammt, Maggie, es ist die reine Wahrheit. Du hast dein Leben lang gearbeitet, in den letzten zehn Jahren ganz allein, und besitzt eine Kraft und Entschlossenheit, die ich nie aufbringen könnte.« Er umfaßte ihre Schultern und strich sanft mit den Daumen über ihre Schulterknochen. Seine Stimme, als er weitersprach, klang plötzlich überraschend grob. »Du erstaunst mich, Maggie. Äußerlich wirkst du zart und zerbrechlich wie eine Porzellanpuppe, und innerlich bist du stahlhart. Du verstehst mit Pferden und Menschen umzugehen und ihnen Verständnis und

Zuneigung zu geben, doch dir selbst gegenüber erlaubst du nicht die geringste Annäherung. Du hast dir ein Ziel gesteckt und gestattest nichts und niemandem, deinen Weg zu kreuzen.«

»Rafe . . .«

»Hör mir zu!« Er atmete tief ein. »Es ist nicht falsch, was du gemacht hast. An deiner Stelle hätte ich sicher auch nicht anders gehandelt. Aber Ziele können sich ändern, Maggie, und ich bitte dich, darüber nachzudenken. Es ist keine Schande, seine Ziele zu wechseln. Es verringert deinen Wert nicht, wenn du dich einem Team anschließt.« Ein mutwilliges Funkeln erwachte in seinen schwarzen Augen. »Und wir wären ein phantastisches Team!«

Sehnsüchtige Vorstellungen gingen Maggie durch den Kopf, aber sie verdrängte sie entschieden. »Und wenn es vorbei ist?« fragte sie tonlos.

Rafe umklammerte fester ihre Schultern, lachte kurz, und dann erschien ein seltsam rücksichtsloser Ausdruck in seinen Augen. »Du hast mich falsch verstanden, Maggie-Darling. Ich möchte dich heiraten.«

Sie starrte ihn an, wie vom Blitz getroffen, und ihr Herz begann wie wild zu klopfen. Nicht einmal in ihren kühnsten Träumen hätte sie sich die Vorstellung erlaubt, er könne sie heiraten wollen, und eine ganze Zeit lang war sie einfach sprachlos. Dann trat sie ungestüm zurück, und Rafe ließ seine Hände sinken. »Darüber scherzt man nicht!« sagte sie erbost.

»Nein«, stimmte er zu. Er lächelte schwach, dieses vergnügte, draufgängerische Lächeln, dem Maggie zu mißtrauen gelernt hatte, weil es stets irgendeinem übermütigen Angriff voranging. »Es ist kein Scherz. Ich habe in meinem ganzen Leben noch nie etwas ernster gemeint.«

»Hör auf!« Panik erwachte in ihr, und sie kämpfte mit Gefühlen, die sie nicht einmal definieren konnte.

»Ich denke nicht daran.« Seine Augen verrieten jetzt ein anderes Gefühl, das Maggie ebenfalls kannte und das sie als noch viel bedrohlicher empfand. »Ich werde alles tun, um dich umzustimmen, Maggie. Und wenn ich Tropfen für Tropfen einen Stein aushöhlen muß, um deinen Widerstand zu brechen, dann tue ich es. Selbst wenn ich ein halbes Leben darauf warten müßte, mit dir vor den Altar zu treten, würde ich es nicht als Zeitverschwendung betrachten.«

»Du weißt ja nicht, was du da sagst«, antwortete sie erstickt.

»Ich weiß sehr gut, was ich sage.«

Sie bemühte sich nachzudenken, aber ihr Verstand versagte. Die Panik, die sie ergriffen hatte, war auf all die Jahre ihres Alleinseins zurückzuführen und auf ihre Überzeugung, daß ihr Traum nur erreichbar war, wenn sie allein dafür kämpfte und allein den Kampf gewann. Und jetzt schwankte der Grund, auf dem ihr Leben aufgebaut war, und schien in sich zusammenzustürzen – aufgrund einer verheerenden neuen Einsicht.

Rafe erkannte ihren Ehrgeiz ganz klar als Grundlage dessen, was sie war. Er kannte auch ihre Ziele, und die hielt er in der Hand und bot sie ihr an. *Und deshalb konnte sie ihn nicht heiraten.*

Weil er nie mit absoluter Sicherheit wissen würde, ob er ihr mehr bedeutete als das Ziel, das sie erreicht hatte, indem sie seine Frau geworden war.

Der Prinz und die Bettlerin.

Maggie fühlte, daß sie die Schultern hängenließ und straffte sie mit einem letzten Aufwand an Willenskraft. »Ich bleibe, bis du einen anderen Trainer gefunden hast«, sagte sie müde. »Es wird sicher nicht lange dauern.«

Rafe bewahrte sein Lächeln, aber in seinem Blick lag Grimm. »Ist das deine Antwort? Flucht?«

Maggies Gefühle waren völlig durcheinander. Mit einer kindlichen Geste der Verwirrung strich sie mit dem Handrücken über ihre Stirn. »Manchmal ist es die einzige Antwort. Diesmal ganz bestimmt.«

»Nein, Maggie, diesmal nicht. Du kannst gar nicht weit genug laufen – oder schnell genug –, um vor mir sicher zu sein.«

Er scheint nervös zu sein, dachte sie, als sie die Anspannung in seiner Stimme hörte. Kopfschüttelnd schaute sie zu ihm auf. »Ich habe dir gesagt, daß ich für die Rolle einer Bettlerin nicht geeignet bin. Laß es gut sein, Rafe.«

»Wo ist die Frau geblieben, die mir sagte, ihre Fähigkeiten als Trainerin hätten nichts mit ihrer Größe zu tun? Die es mir bewiesen hat? Du bist kein Feigling, Maggie. Warum benimmst du dich dann wie einer?«

Zum ersten Mal in ihrem Leben brachte Maggie nichts von der Kraft und dem Stolz auf, die sie so weit gebracht hatten. Sie war besiegt, und das Schlimmste daran war, daß die Niederlage aus ihr selbst heraus kam. »Anscheinend bin ich es eben doch«, sagte sie leise und eher zu sich selbst. »Vielleicht tut es deshalb auch nicht weh, ›Feigling‹ genannt zu werden.«

»Maggie . . .« Rafe legte seine zitternden Hände um ihr Gesicht. »Bedeutet es dir nichts, daß ich dich liebe?«

Ihr Herz setzte einen Schlag aus und pochte dann schmerzhaft gegen ihre Rippen. Sie schaute den Mann an, den sie nie wieder als Wüstling betrachten würde, und wollte ihn mit jeder Faser ihres Herzens besitzen. Aber sie blieb stumm und rührte sich nicht, bis das verzweifelte Sehnen nachließ. Sie glaubte ihm, daß er sie liebte, aber sie bezweifelte, daß es eine Liebe war, die unvergänglich sein würde. Maggie war ganz sicher, daß sie nichts besaß, was eine solche Art von Zuneigung auslösen konnte.

Aber Rafe *war* ein Mann, der ein derartiges Gefühl verdiente, und Maggie wußte, daß sie ihn lieben würde, bis sie starb.

»Verdammt, sag etwas!« befahl er grob. Sein Instinkt riet ihm, sie zu küssen und in die Arme zu nehmen, weil sie ihm irgendwie entglitten war, aber eine andere, vorsichtigere innere Stimme riet, es nicht zu tun, weil damit nichts zu erreichen war. Beide waren am Rande ihrer Beherrschung angelangt, und er hatte bereits gesehen, wohin seine Ungeduld ihn führte.

Maggie trat einen Schritt zurück. »Ich gehe jetzt und bereite das Abendessen vor.« Ihre Stimme war ruhig und zurückhaltend.

Rafe preßte die Lippen zusammen, um seinen Protest zu unterdrücken, und als er dann wieder sprach, klang es resigniert. »Na schön.« Er wartete, bis sie an der Tür war, dann sagte er: »Maggie?« Sie blieb stehen, drehte sich jedoch nicht um. »Du wirst bleiben, bis ich einen neuen Trainer habe?«

Er sah, wie sie die Schultern straffte. »Ja. Ja, ich bleibe, bis du jemand anderen gefunden hast.«

Er starrte lange auf die Tür, durch die sie verschwunden war, dann strich er sich mit zitternden Fingern übers Haar. »Verdammt«, sagte er leise. »Verdammt . . . verdammt . . . verdammt!«

Etwas später, auf dem Weg zu den Ställen, war ihm kaum bewußt, daß es zunehmend dunkler wurde und seine Angestellten die Hallen verriegelten und Feierabend machten. Die mit einer Alarmanlage gekoppelten Eisentore waren geschlossen und sämtliche Sicherheitssysteme eingeschaltet, und Halle sieben und acht waren dunkel und still, als er an ihnen vorbeiging. Die Hauptbeleuchtung begann in allen Hallen zu erlöschen, und Rafe erreichte Halle zwei gerade noch rechtzeitig, um seinen Vorarbeiter am Abschließen zu hindern.

»Ich reite noch mit Saladin aus, Tom«, sagte er mit rauher Stimme. »Ich schließe ab, wenn ich zurückkomme.«

Nach einem scharfen Blick, den Rafe kaum bemerkte, folgte Tom ihm in die noch hell erleuchtete Halle und schaute zu, als sein Boß den kastanienbraunen Araberhengst aus der Box führte. Rafe zäumte und sattelte das Pferd, und seine Hände waren, wie Tom mit einem besorgten Blick feststellte, ruhig und sicher. Als er jedoch den Kopf hob und das Gesicht des Mannes betrachtete, den er seit über dreißig Jahren kannte, erwachte ein unbehagliches Gefühl in seinem Magen.

Er war sicher gewesen, sämtliche mögliche Stimmungen in Rafes wechselhaftem Wesen zu kennen, er hatte ihn zornig, rücksichtslos, traurig, stolz, erfreut, mitfühlend und nachdenklich erlebt. Er hatte zugeschaut, wie Rafe sich begeistert in Prügeleien stürzte, und ihn im Gefängnis besucht, wenn er dort nach ›öffentlicher Unruhestiftung‹ eine Nacht verbrachte.

Tom hatte still mitgelitten, als Rafe nach dem Tod seiner Eltern in tiefe Trauer versank, und er hatte unzählige Male Rafes Freude über ein neugeborenes Fohlen geteilt. Tom war Zeuge gewesen, wie Rafe jahrelang versucht hatte, Burke zu einem weniger hektischen Arbeitsrhythmus zu bewegen, und wie er York immer wieder gebeten hatte, in der Heimat zu bleiben und nicht mehr auf lange Auslandsreisen zu gehen.

Aber so niedergeschlagen wie heute hatte Tom ihn noch nie erlebt. Rafes schwarzen Augen fehlte der übliche Glanz, und er war ungewöhnlich ruhig und verschlossen. Auch seine Stimme hatte noch nie so tonlos geklungen wie heute abend.

Während Tom zuschaute, wie Rafe sein Pferd sattelte, hätte er ihn gern getröstet, aber er wußte aus Erfahrung, daß es zwecklos gewesen wäre, es zu versuchen. Seit dem Tod seiner Eltern hatte Rafe sich von allen Menschen außer seinen Brüdern zurückgezogen. Nicht absichtlich, das wußte Tom, und charmant, wie Rafe war, hätte es auch niemand gemerkt, der ihn nicht über dreißig Jahre kannte wie sein alter Vorarbeiter.

Trotz seines überwältigenden Charmes war Rafe im Grunde seines Herzens eine Einsiedlernatur. Es war ihm eher eine Last als eine Freude, für ein Drittel eines Wirtschaftsimperiums verantwortlich zu sein, und das entfernte ihn von anderen Menschen, ob er es wollte oder nicht.

Tom wäre gern zum Haus hinübergegangen, um Maggie zur Vernunft zu bringen. Er hätte ihr Dinge erzählen können, über die Rafe nie mit ihr sprechen würde, weil er dazu nicht egozentrisch genug war. Tom wollte ihr sagen, daß es Männer gab, die auch innerhalb einer Gruppe anderer Menschen allein waren, selbst wenn sie von diesen Menschen geliebt und verehrt wurden. Daß manche Männer *fast* alles mit ihren Brüdern teilen würden . . . aber *alles* nur mit der Frau, die sie liebten. Daß einige Männer für ihre Liebe durch die Hölle gehen und sich mit dem Teufel persönlich anlegen würden, um zu schützen, was sie liebten.

»Ich komme bald zurück«, sagte Rafe.

Tom nickte und folgte Pferd und Reiter aus der Halle. Er sah ihnen nach, bis sie die Hallen hinter sich gelassen hatten und in der Dunkelheit untertauchten. Erst dann schaute er zum Wohnhaus hinüber und setzte sich kopfschüttelnd auf eine schmale Bank vor der Scheune.

»Verdammt . . .« murmelte er.

Rafe ließ sein Pferd zum Aufwärmen zunächst im Schritt gehen, dann begannen sie in gestrecktem Galopp über einen schmalen Pfad zu rasen. Sie jagten den Wind, den Mond – und die nächtlichen Dämonen.

Rafe lockerte die Zügel, und Saladin rannte – angefeuert von Rafes heiseren Zurufen – über die Felder wie einst seine edlen Vorfahren über den heißen Wüstensand. Mit tief gesenktem Kopf, bebenden Nüstern und dahinfliegenden Hufen ließ er Meile um Meile hinter sich.

Rafe ließ das Pferd rennen, bis es aus eigenem Antrieb langsamer wurde und sie, weit entfernt von der Ranch, einen flachen Erdhügel erreichten. Dort zog Rafe die Zügel, brachte Saladin zum Stehen und wartete. Wartete darauf, daß sein aufgeregter Herzschlag sich beruhigte. Wartete auf die Sterne, bis sie so nahe waren, daß man glaubte, mit der Hand nach ihnen greifen zu können. Wartete auf die unwirkliche Schönheit der Nacht und den Frieden, den sie ihm vermitteln konnte.

Er kam langsamer als je zuvor, aber er kam.

Nach einer Weile konnte er wieder klar denken, und die ungewohnte Verzweiflung, die ihn beherrscht hatte, verflog. Nach einer Weile hörte er sogar auf, sich für die rücksichtslose Ungeduld zu verfluchen, mit der er Maggie bedrängt hatte.

Das war geschehen und nicht mehr zu ändern.

Rafe glaubte nun zu wissen, warum sie ihn abgewiesen hatte. Er spürte instinktiv, daß sie ihn gern hatte und vielleicht sogar begonnen hatte, ihn zu lieben. Deshalb hätte ich keinen schlechteren Zeitpunkt wählen können, dachte er. Mit seinem Versuch, Maggie zu beweisen, daß er kein Wüstling war, hatte er nun erreicht, daß sie ihn als das genaue Gegenteil betrachtete, und ihr keine Zeit gelassen, sich auf die veränderte Situation einzustellen.

Ihre Reaktion war ganz natürlich gewesen, wenn man

ihre Verwirrung bedachte. *Natürlich* weigerte sie sich, die Rolle der Bettlerin zu spielen. Mit ihren Worten: ›Was du besitzt, könnte ich in meinem ganzen Leben nicht verdienen‹, hatte sie nur eine wahre Tatsache ausgesprochen. Was sie sich am sehnlichsten wünschte, gehörte ihm, und das errichtete eine Barriere zwischen ihnen. Maggie würde *nie* heiraten, um ihre Ziele zu erreichen.

Während Rafe beobachtete, wie der Mond immer höher stieg, dachte er nach. An Niederlagen nicht gewöhnt, hatte er nicht vor, sich geschlagen zu geben. Er war bereit, alles zu tun, um Maggies Liebe zu gewinnen; ein Leben ohne sie konnte er sich einfach nicht mehr vorstellen. Und – wie Maggie – besaß er eine starke Tendenz, ein Ziel anzustreben und sich durch nichts von seiner Verfolgung abhalten zu lassen.

Er blieb lange still im Sattel sitzen, bevor er Saladin wendete und zur Ranch zurückführte. Beim Absatteln und anschließenden Striegeln unterhielt er sich angeregt mit Tom, der auf ihn gewartet hatte, und half ihm beim Abschließen der Halle und Einschalten der Alarmanlage. Erst dann schlenderte er gemächlich zum Haus hinüber.

Tom schaute ihm nach und schüttelte den Kopf. Rafes überraschende Stimmungswechsel waren nach dreißig Jahren nichts Neues für ihn, und Tom unterdrückte ein Lächeln, als er zu seinem Wohnhaus hinüberging. Shamrocks neue Trainerin, dachte er belustigt, sollte sich vorsehen, denn unser Boß scheint sich für eine Strategie entschieden zu haben.

Rafe war nicht überrascht, die Küche leer zu finden, als er nach einem Blick auf die Uhr feststellte, daß er Stunden unterwegs gewesen war. Maggie hatte sein Essen in den Backofen gestellt und sich ganz offensichtlich in ihr Zimmer zurückgezogen. Rafe aß mit Appetit und räumte auf und spülte sein Geschirr, bevor er in sein eigenes Zimmer ging.

Am nächsten Morgen stellte er fest, daß sie schon vor ihm aufgestanden war, lange vor der Morgendämmerung, und wieder eine Mahlzeit für ihn bereitgestellt hatte. Während er zu den Hallen hinüberging, erwachte die Ranch langsam zum Leben, und seine Angestellten begannen ihre Arbeit. Er ging gleich zu Halle Vier, blieb jedoch am Eingang stehen, als er einen großen Pferdetransporter die Straße hinaufkommen sah.

Es wunderte ihn, daß sie so früh gekommen waren, und er sprach kurz mit dem Fahrer, als der Wagen hielt. Dann betrat er Maggies Halle.

Sie stand am entfernten Ende vor dem Trainingsring und beobachtete das Zureiten drei junger Saddlebreds. Als Rafe näherkam, fiel ihm auf, wie blaß und müde sie aussah, und er mußte sich sehr beherrschen, um sie nicht in die Arme zu nehmen. Aber er trat leise hinter sie und küßte sie auf den Nacken. Als sie sich umdrehte, lächelte er sie freundlich an.

»Guten Morgen«, sagte er. »Wir haben ein neues Pferd draußen. Hast du Lust, mir beim Ausladen zu helfen?«

Rote Flecken waren auf Maggies Wangen erschienen, und sie wirkte unsicher und verwirrt. »Oh . . . natürlich«, murmelte sie und ging auf den Ausgang der Halle zu. »Ist es für mich?« fragte sie und berichtigte sich schnell: »Ich meine, für diese Halle?«

»Ja, es ist für dich.« Rafe ignorierte den Blick, den sie ihm zuwarf.

»Rafe, ich bin . . .«

»Es ist ein ganz besonderes Pferd«, unterbrach er sie ruhig, »und ich erwarte großartige Leistungen von ihm. Es ist mir sehr empfohlen worden.« Rafe lachte in sich hinein, als sie ins helle Sonnenlicht traten. »Er ist das einzige Pferd auf Shamrock, das bei Lloyds in London versichert ist.«

Maggie warf ihm einen erstaunen Blick zu, dann zuckte sie die Schultern und ging auf den dunkel lackierten Transporter zu. Da sie kein Firmenzeichen und keinen Namen auf dem Wagen sah, fragte sie sich, woher das Pferd kommen mochte. Der Fahrer stand bei Rafe und unterhielt sich mit ihm, und so klappte sie selbst die Rampe hinunter und stieg in den Transporter. Obwohl der einzige Insasse des Wagens von den Ohren bis zum Schweif unter einer Decke steckte, erkannte sie das Pferd sofort und wußte auch, woher es kam.

Zärtlich strich sie über das weiße Ausrufungszeichen zwischen den bebenden Nüstern und wunderte sich nicht, daß ihre Hand dabei zitterte. Es war ein Pferd, auf das ein Trainer oder Besitzer sein Leben lang wartete und vielleicht nie fand, ein Pferd von perfektem Körperbau, tadelloser Abstammung, unfaßbarer Schönheit und einem Temperament, das das Arbeiten mit ihm zum reinsten Vergnügen machte.

Er besaß eine Widerristhöhe von mindestens vierundsechzig Zoll mit den Schutzkappen über seinen Hufen, und einen Körper, der trotz seines relativ geringen Alters von vier Jahren mit ausgeprägten Muskeln versehen war. Er hatte dreimal die nationalen Meisterschaften in den verschiedenen Gangartdisziplinen gewonnen. Es war Warlock.

Maggie band den Hengst los und führte ihn vorsichtig die Rampe hinunter. Draußen warf Warlock den edlen Kopf zurück und schrie allen anderen Hengsten in Hörweite eine entschiedene Herausforderung zu, einen schrillen Aufruf zum Kampf, bevor er sich von Maggie weiterführen ließ. Ihr fiel kaum auf, daß der Transporter abfuhr, und auch für die Leute, die sie von allen Seiten umringten, hatte sie keinen Blick.

»Laß ihn ansehen«, sagte Rafe. Er trat neben das Pferd und löste die Schnallen, die die Decke zusammenhielten, faltete sie ordentlich zusammen und legte Warlocks herrlichen Körper in seiner ganzen ebenholzfarbenen Schönheit frei.

»Rafe . . .« Maggie starrte den Mann an ihrer Seite an und vergaß für einen Moment, was gestern zwischen ihnen vorgefallen war. »Hawkes wollte ihn nie verkaufen – er hat immer nur über alle Angebote gelacht.«

»Über meins nicht.« Rafe schaute lächelnd auf sie herab. »Wir bringen ihn besser hinein, meinst du nicht? Er ist noch nicht an die Sonne von Arizona gewöhnt.«

Bei seinen besorgten Worten kam Maggie wieder zu sich und führte den Hengst rasch in die kühle Reithalle. In ihrer Begeisterung hatte sie alles vergessen und nur jene Erregung verspürt, die höchstens ein anderer Trainer nachempfinden konnte. Warlock! Ein solches Pferd zu reiten und bei Turnieren vorführen zu können! Zu sehen, wie seine Fohlen aufwuchsen und nach den ersten Zeichen der phantastischen Eigenschaften ihres Erzeugers Ausschau zu halten . . .

Eine Gelegenheit, die einem höchstens einmal im Leben geboten wurde!

Sie führte den Hengst in eine der vier speziell verstärkten Boxen, die für die kräftigsten und unberechenbarsten männlichen Tiere vorgesehen waren. Dann lehnte sie sich auf die offene Hälfte der Stalltür und sah zu, wie Warlock sich mit seinem neuem Heim vertraut machte. »Er ist wunderschön«, murmelte sie fasziniert.

»Das ist er.« Rafe war neben sie getreten, und auch er beobachtete Warlock. »Wir müssen Stuten finden, die seine Aufmerksamkeit wert sind, Maggie. Die einzige Championstute, die wir derzeit haben, ist deine Calypso, würde ich sagen. Hast du vor, sie eine weitere Saison Turniere reiten zu lassen, oder soll sie fohlen?«

Das Angebot, das seinen Worten zu entnehmen war, veranlaßte Maggie, Rafe einen prüfenden Blick zuzuwerfen, und für einen Moment gab sie sich ihren Träumen hin. Calypso und Warlock – was für Fohlen sie zeugen würden! Aber dann fiel ihr wieder alles andere ein, und sie wandte sich ab, um das Pferd ihrer Träume zu betrachten. »Ich . . . ich könnte mir die Deckgebühr nicht leisten«, sagte sie so fest wie möglich.

»Darauf verzichte ich gern«, entgegnete Rafe gelassen. »Du hast dir durch deine Empfehlung ein Fohlen verdient, Maggie. Betrachte es als Bonus, wenn du willst.«

Es war kein ungewöhnliches Angebot eines Gestütsbesitzers an einen Trainer, und das war es auch nicht, was Maggie so verblüffte. »Du hast ihn nur auf meine Empfehlung hin gekauft?« fragte sie schockiert. Sie wußte, daß Rafe seit ihrer Ankunft nicht mehr im Osten gewesen war. »Du hast ihn dir nicht einmal vorher angesehen?«

»Nicht nötig. Du sagtest, er sei der Beste.«

»Ja, aber . . . Rafe, das ist *meine* Meinung! Wenn ich mich nun geirrt habe?« Sie war erschüttert. Er mußte ein Vermögen für das Pferd bezahlt haben, und nur auf ihre Versicherung hin, der Hengst sei es wert.

Rafe betrachtete sie ernst. »Du verstehst etwas von Pferden, Maggie. Du lebst mit ihnen, reitest und trainierst sie und gehst mit ihnen auf Turniere. Du hast Pferden dein ganzes Leben gewidmet. Ich vertraue deinem Urteil genauso wie meinem eigenen.«

Maggie schluckte gerührt. Sein Blick war so aufrichtig wie seine Stimme, und sie zweifelte nicht daran, daß es ihm ernst gemeint war. Noch nie in ihrem Leben hatte ihr jemand ein solches Vertrauen geschenkt. Mit abgewandtem Kopf flüsterte sie: »Danke, Rafe.«

»Du unterschätzt dich.« Er berührte ihre Wange und

drehte ihren Kopf sanft zu sich herum. »Für die Wahrheit brauchst du dich nicht zu bedanken.« Er seufzte. »Was für ein Team wir beide wären! Maggie . . .«

»Ich gehe fort, Rafe.« Es bedurfte ihrer ganzen Willenskraft, die Worte zu sagen, und auszusprechen, was sie innerlich zerriß. »Sobald du einen neuen Trainer gefunden hast.«

Er schwieg einen Moment und sagte dann: »Ich verstehe. Du hast es dir gestern nacht also nicht doch anders überlegt?«

»Nein.«

»Nun ja, ich kann dich nicht in einem Turm einsperren, oder?« Er lächelte seltsam. »Schade, daß diese Zeiten vorbei sind – sogar für einen Delaney, der rücksichtslos die Wünsche anderer übergeht.«

»Das habe ich nie gesagt«, protestierte sie leise.

»Nein, das stimmt«, gab er trocken zu. »Du hast einige andere idiotische Bemerkungen gemacht, aber das nicht.‹

»Ich habe nicht . . .«

»O doch, das hast du.« Seine Stimme, die bisher ruhig und beherrscht gewesen war, bekam einen eindringlichen Tonfall. »Beantworte mir meine Frage, Maggie. Meinst du, ein Mensch hätte das Recht, das Glück eines anderen zu opfern?«

»Nein, natürlich nicht.«

»Warum willst du es dann tun?« erkundigte er sich leise.

Maggie starrte ihn an.

Er hielt ihrem Blick stand. »Du glaubst, ich könnte nie sicher sein, falls du mich heiraten würdest, ob es wegen mir war oder wegen der Ranch. Das ist es doch, nicht wahr, Maggie? Ich weiß nicht, ob du mich liebst, aber ich weiß, daß das der Grund ist, warum du mich nicht heiraten willst. Ich habe all das, wofür du dein Leben lang gearbeitet hast, und *das* steht zwischen uns.«

Sie wollte sich entfernen, aber die Stalltür befand sich in ihrem Rücken, und sie war nicht kräftig genug, um Rafe zur Seite zu schieben. Sie wollte nicht über dieses Thema reden, und schon gar nicht ihre Entscheidung auf solch gefährliche Weise herausgefordert sehen. »Rafe, tu es bitte nicht . . .«

»Nein, Maggie, ich tue es nicht«, stimmte er leise zu. »Ich lasse nicht zu, daß du mein Glück irgendwelcher albernen Skrupel wegen opferst! Du sagtest, du würdest fortgehen; ich kann dich nicht gegen deinen Willen festhalten. Aber du wirst bleiben, bis ich einen neuen Trainer gefunden habe, und ich werde alles tun, was in meiner Macht steht, um dich dazu zu bringen, mich zu heiraten. Du kannst gehen, aber vorher sorge ich dafür, daß du mich nie vergißt!«

Er zog sie fast grob in die Arme und preßte sie so fest an sich, daß sie seinen muskulösen Körper an allen ihren Gliedern spürte. Und als sein harter Mund ihre Lippen bedeckte, begann ihr Blut wie heiße Lava durch ihre Adern zu strömen und rauschte in ihren Ohren. Rafe küßte sie, als sei es die letzte Gelegenheit in seinem Leben, und Maggie zitterte am ganzen Körper, als er sich, Sekunden später, abrupt von ihr löste und sie stehenließ.

7

Im gleichen Augenblick, als Rafe sich von ihr entfernte, wurde Maggie klar, daß sie augenblicklich hätte gehen müssen. Aus irgendeinem ihr unbekannten Grund schien er beschlossen zu haben, daß sie es war, die er haben wollte, und obwohl er nicht vorzuhaben schien, sie gegen ihren Willen auf der Ranch festzuhalten, hatte er auch nicht ihre Kündigung akzeptiert.

Ihre Willenskraft war sehr geschwächt im Hinblick auf Rafe, und Maggie befürchtete, aus Liebe zu ihm nachzugeben, ohne die möglichen Konsequenzen in Betracht zu ziehen. Solange er sich nicht in ihrer Nähe befand, sah sie ein, daß er ihrer Motive nie sicher sein konnte, falls sie ihn heiratete. Doch wenn er bei ihr war, mußte sie gegen den Wunsch ankämpfen, zu ignorieren, was er ihre ›albernen Skrupel‹ nannte, und sich in seine Arme zu werfen.

Tief in ihrem Herzen war sie ganz sicher, daß Shamrock ihr nie soviel bedeuten würde wie Rafe. Sie bezweifelte auch nicht, daß sie – wenn Rafe völlig mittellos gewesen wäre – sein Leben mit Freuden geteilt hätte. Aber wie sollte er das je begreifen? Und selbst wenn die Frage ihn nicht beunruhigte, würde sie ihr Leben lang die Last auf ihren Schultern tragen.

Fast war sie bereit, es zu riskieren, auf Rafes Liebe zu vertrauen und die Frage ihrer möglichen Motive beiseitezuschieben . . . für eine Zeitlang jedenfalls. Denn Maggie konnte sich nicht vorstellen, daß Rafes Liebe ewig währen würde. Irgendwann mußte er selbst merken, daß er sie weniger liebte, als er glaubte.

Und was dann? Dann hätte er eine Frau, die er nicht mehr liebte und zu der er kein Vertrauen besaß. Wie würde ihre Ehe dann enden? Vor Gericht? Oder würde Rafe darauf bestehen, den Schein zu wahren und mit ihr weiterzuleben, wie sehr beide auch darunter leiden mochten?

Maggie wußte, daß sie Probleme wälzte, die es noch gar nicht gab, und Barrieren zwischen sich und Rafe errichtete, wo sie konnte. Aber es blieb ihr gar nichts anderes übrig. Nur so würde sie die Kraft finden, die sie brauchte, um Shamrock zu verlassen.

Ein paar Tage lang gelang es Maggie, sich in ihre Arbeit zu vergraben. Durch Warlock war sie Mittelpunkt der allgemeinen Aufmerksamkeit – wenn sie ihn trainierte, waren sie von Zuschauern umringt, und oft mußte sie Fragen anderer Trainer nach ihren Trainingsmethoden beantworten.

Was Rafe betraf, entdeckte sie einen weiteren Aspekt seiner Persönlichkeit: Wie in den vergangenen Wochen blieb er in ihrer Nähe, aber es war sehr viel stiller und zurückhaltender als sonst. Zwar neigte er auch jetzt noch dazu, Maggie in den Sattel zu heben oder ihr unvermutet einen Kuß zu geben, aber er verzichtete darauf, diese Dinge vor den anderen Angestellten der Ranch zu tun.

Maggie empfand es als eine neue Art von Druck, aber sie wußte nicht, wie sie sich dagegen wehren sollte. Immer wenn sie zu einem Protest ansetzte, sah sie Rafes Blick und vergaß prompt, was sie sagen wollte.

Sie waren selten allein und sprachen kaum miteinander, wenn es der Fall war. Rafe hatte nach Kathleens Abreise eine neue Haushälterin eingestellt, eine lebhafte, tüchtige Frau, die kochte und saubermachte und nicht wie Kathleen zu ständigen Einmischungen ins Familienleben neigte.

Maggie fühlte sich einsamer als je zuvor in ihrem Leben.

Sie fürchtete den unvermeidlichen Augenblick ihrer Abreise, und arbeitete noch härter als sonst mit ihren Pferden und Lehrlingen. Es kam nicht überraschend für sie, daß Rafe nicht umgehend einen neuen Trainer eingestellt hatte. Auch sie hatte die Stellung erst bekommen, nachdem er sich mehrere Wochen lang umgesehen und informiert hatte, und daher war es nicht wahrscheinlich, daß er bei dem nächsten Trainer anders vorgehen würde. Aber ihre Nervosität wuchs mit jedem harten Arbeitstag und jeder schlaflosen Nacht, bis sie wußte, daß sie in Gefahr war, etwas Unbedachtes zu tun.

Am Mittwochnachmittag schien Rafe ihren Zustand zu bemerken.

»Wie lange, glaubst du, können wir noch so weitermachen?« fragte er ruhig.

Maggie hatte gerade Warlock in seine Box gebracht und beschäftigte sich mit dem Schließen der Tür, um Rafe nicht ansehen zu müssen. »Hast du schon einen Trainer gefunden?«

»Nein. Aber beantworte bitte meine Frage.«

Sie befestigte Warlocks Leine an einem Ring in der Nähe der Tür und drehte sich endlich zu Rafe um. Sie waren ganz allein in der kühlen Halle. »Was soll ich darauf antworten, Rafe? Es ist bereits alles gesagt.«

Er holte tief Luft und maß sie mit einem gereizten Blick. »Dieser Ansicht bin ich leider nicht. Ich habe noch nie ein Problem gekannt, das nicht in irgendeiner Form zu lösen gewesen wäre. Und zufällig glaube ich, daß wir zusammengehören. Was ich *nicht* glaube, ist, daß du mich heiraten würdest, um die Ranch zu bekommen. Was ist also das Problem, Maggie? Erklär es mir bitte.«

Sie straffte die Schultern und erwiderte seinen Blick so gelassen wie möglich, wissend, daß er sich diesmal nicht abweisen lassen würde. »Das Problem? Soll ich dir eine Liste geben? Na schön. Du hast das, was ich will und wofür ich jahrelang geschuftet habe . . .«

»Du würdest mich nicht der Ranch wegen heiraten«, unterbrach Rafe sie entschieden.

Maggie ignorierte es. »Du bist ein Delaney, und wie du es auch drehen magst, das *bedeutet* etwas in diesem Land. Es bedeutet Reichtum und Macht und ein Erbe, das dich zu einem Teil einer Dynastie macht. Ich hingegen bin nur eine Frau, die Pferde trainiert und wenig mehr besitzt, als ich in meinem Jeep transportieren kann. Eine Frau ohne gesellschaftlichen Hintergrund und ohne Verständnis dafür, was es heißt, zu sein, wer du bist. Was würden deine Brüder sagen, wenn du deine Trainerin heiratest, Rafe?«

»Sie würden mich zu meiner bezaubernden Braut beglückwünschen«, entgegnete er prompt. »Du liebe Güte, Maggie, wir leben nicht im Mittelalter! Und die Delaneys sind keine Aristokraten! Der alte Shamus war ein Viehdieb und ein Schmuggler; William liegt auf Boot Hill begraben – und zahllose Vorfahren von mir waren nichts als einfache Siedler!«

»Aber du weißt wenigstens, wer sie waren.« Maggis Stimme war kaum mehr als ein Flüstern. »Du weißt, woher du kommst und wohin du gehörst.«

Rafe trat abrupt vor und ergriff ihre Hand. »Maggie«, sagte er sanft, »meine Mutter war Dienstmädchen in Irland, als mein Vater sie kennenlernte. Eine Waise ohne Familie und ohne Geld. Sie wurde eine Delaney, und niemand war stolzer auf unsere Familie als sie. Und als Rising Star Joshua heiratete, akzeptierte sie eine Lebensform, die völlig anders war als alles, was sie kannte. Auch sie wurde zu einer echten Delaney.«

Er blickte Maggie an. »Denk an diese beiden Frauen, Maggie. Eine war eine Apachensquaw, die in unsicheren, gewalttätigen Zeiten lebte; die andere ein irisches Dienstmädchen, das einen brutalen Krieg überlebt hatte. Ihre Männer liebten sie für das, was sie waren, nicht für das, was sie in materieller Hinsicht in unsere Familie einbrachten. Sie waren Frauen, die einen Mann auf seinem Weg begleiteten und ein Leben mit ihm aufbauten. Sie nahmen den Namen Delaney an und bereicherten ihn.«

Rafe machte eine kurze Pause. Dann fuhr er beschwörend fort: »Denk über diese Frauen nach, Maggie. Und über dich selbst. Du weißt es vielleicht nicht, aber du bist eine ganz erstaunliche Frau. Zusammen könnten wir mehr aus dieser Ranch machen, als wir uns je hätten träumen lassen. Allein würde ich es nie schaffen, Maggie.«

»Du könntest . . .«

»Nein. Ich verstehe etwas von Pferden und geschäftlichen Dingen, aber ich bin nicht in der Lage, ein bösartiges Pferd an einem einzigen Nachmittag in ein sanftes Lamm zu verwandeln. Ich kann auch keine Dressurpferde bei Turnieren vorführen. Und warum sollte ich an der Vergrößerng der Ranch arbeiten, wenn niemand da ist, mit dem ich das alles teilen kann? Jetzt nicht mehr, Maggie. Nicht, nachdem ich entdeckt habe, was Teilen bedeuten kann.« Seine Stimme wurde heiser vor Gefühl. »Ich . . . ich habe dein Lachen vermißt, Maggie. Und das Funkeln deiner schönen Augen, wenn du zornig auf mich bist. Die Ranch würde mir ohne dich ganz leer vorkommen.«

Maggie spürte einen Kloß in der Kehle. Ihre Geanken überschlugen sich. Es schmerzte, wenn sie überlegte, welche Möglichkeiten es für sie gab. Sie liebte diesen Mann so sehr, und doch glaubte sie, realistisch genug zu sein, um einzusehen, daß er jemanden wie sie niemals lieben konnte. Sie wußte selbst nicht, woher sie die Kraft zu einem Lächeln fand. »Du sagst all das, was ich hören will«, bemerkte sie ironisch.

Rafe fluchte leise. »Ist es das, was du glaubst? Das alles nur Gerede ist? Maggie, ich liebe dich – und es gibt nur eins, was mich davon überzeugen könnte, daß eine gemeinsame Zukunft für uns nicht möglich ist.« Er legte seine Hand unter ihr Kinn und hob ihr Gesicht zu sich empor. »Sag mir, daß du mich nicht liebst und daß du nie lernen wirst, mich zu lieben. Sag es mir, Maggie.«

Maggie wich seinen eindringlichen Blicken aus. Ihre Kehle war wie zugeschnürt, sie brachte kein Wort über die Lippen. Sie konnte nicht sagen, was er zu hören forderte, weil es eine Lüge gewesen wäre. Sie mußte ihre ganze Willenskraft aufbieten, um nicht ihre Liebe zu ihm herauszuschreien und sich in seine Arme zu werfen.

Aber indem sie es nicht abstritt, bestätigte sie Rafe nur, daß sie ihn liebte.

Seine Hand bebte leicht, und er sagte rauh: »Ich werde dich heiraten, Maggie.« Und dann erschien wieder ein mutwilliges Funkeln in seinen schwarzen Augen, und er begann zu lächeln. »Und damit nicht genug: Ich habe beschlossen, daß die Zeiten, in denen man widerspenstige Jungfern in einem Turm einsperrte, noch gar nicht so lange her sind. Leider befindet sich der einzige verfügbare Turm auf Killara . . .«

Zum erstenmal seit Tagen wußte Maggie nicht, ob sie lachen oder zornig werden sollte, und das tat gut. Rafe hatte sein draufgängerisches Verhalten wieder aufgenommen, und dafür hatte sie nun einmal eine Schwäche. Außerdem konnte er es gar nicht ernst meinen. Oder doch? Vorsichtshalber trat sie einen Schritt zurück. »Wenn ich glaubte, daß es dir ernst wäre, würde ich sofort abreisen.«

Rafe zwinkerte ihr lächelnd zu und wandte sich zum Gehen. Dabei pfiff er fröhlich vor sich hin.

Maggie zuckte zusammen, als Warlock sie durch die offene Tür anstubste, und drehte sich stirnrunzelnd zu ihm um. »Kipling hat sich geirrt«, sagte sie zu dem schwarzen Hengst. »Die männliche Gattung ist sehr viel gefährlicher als die weibliche. Und ich wüßte für mein Leben gern, was *dieser* Mann jetzt vorhat!«

Die Antwort kannte sie natürlich. In etwa jedenfalls, und eine erwartungsvolle Spannung begann sich in ihr aufzubauen. Sie hatte sich ausgeredet, Rafe zu heiraten, hatte ihn mit Gegenargumenten bombardiert, sich halbtot geschuftet und zu viele Nächte keinen Schlaf gefunden. Sie hatte jede nur vorstellbare Schranke zwischen ihnen errichtet und sich mit Problemen herumgequält, die es vermutlich nie geben würde.

Nur eins hatte sie bisher nie getan, und das war, auf ihr eigenes Herz zu hören und ihrem Instinkt zu folgen, der sie noch nie getäuscht hatte. Sie liebte Rafe Delaney, und er schien sich seiner Liebe zu ihr sehr sicher zu sein. Weshalb kämpfte sie so entschieden dagegen an? Warum akzeptierte sie nicht einfach diese unglaubliche Fügung des Schicksals.

Maggie lächelte in sich hinein und streichelte Warlocks Fleck auf der Nase.

Maggie richtete sich erschrocken im Bett auf. Für einen Moment empfand sie Panik und wußte nicht, wo sie sich befand. Der schrille Alarm, der die nächtliche Stille unterbrach, ging ihr durch und durch, und zuerst wußte sie nicht, was los war. Sie erinnerte sich nur, sofort nach dem Dinner in ihr Zimmer gegangen zu sein, weil sie in Rafes Gesellschaft eine ungewöhnliche Schüchternheit empfunden hatte. Dann, als sie zunehmend wacher wurde, erkannte sie, daß irgend etwas den Sicherheitsalarm ausgelöst haben mußte oder – ein entsetzlicher Gedanke – es irgendwo brannte.

Maggie sprang auf, zog sich hastig an, und verfluchte die Tatsache, daß die Ställe von dieser Seite des Hauses aus nicht zu sehen waren. Es war kurz vor Morgengrauen, aber noch immer dunkel draußen, und als sie über den schwach erleuchteten Korridor lief, erwachte eine schreckliche Erinnerung in ihr: eine brennende Scheune mit verzweifelt wiehernden Pferden, eingeschlossen von wild lodernden Flammen.

Sie begegnete Rafe vor der Küche. Beide hatten den kürzesten Weg nach draußen gewählt. Auch Rafe schien sich sehr hastig angezogen zu haben, und wie sie war er hellwach. Und machte ein grimmiges Gesicht.

»Rafe?«

»Es brennt.« Er rannte durch die Küche und schnappte sich rasch ein Dutzend Küchentücher, bevor er durch die Hintertür hinausstürzte. »Halle vier, Maggie.«

Eine eiskalte Hand umklammerte ihr Herz, als sie neben Rafe über die Wiese rannte. Sie hörte das schrille Wiehern verängstigter Pferde und sah Sekunden später die rotleuchtende Silhouette von Halle vier, die sich scharf gegen den grauen Himmel abhob. Das ganze Dach der Halle stand in Flammen. Schreie gellten über das Prasseln des Feuers, als von allen Seiten Angestellte der Ranch herbeieilten, einige zu Fuß, andere mit ihren Autos.

»Rafe, das Sprinklersystem ist ausgefallen!« Tom erschien plötzlich neben ihnen, und Maggie sah, daß er unendlich viel älter wirkte als sonst. »Die ganze verdammte Stallgegend ist ohne Strom und Wasser!«

Shamrocks Boß verschwendete keine Zeit mit Fragen. »Hol die tragbare Pumpe und steck sie sofort in die Wassertanks. Schließ so viele Schläuche wie möglich an, und laß die Hallen drei und fünf bespritzen, bevor sie auch noch Feuer fangen.«

»Die Pferde!« schrie Maggie und wollte losrennen, aber Rafe hielt sie am Arm zurück.

»Warte, Maggie. Durch den Stromausfall sind die Tore blockiert, sogar die Ausgänge zu den Koppeln. Wir müssen sie einreißen, bevor wir die Pferde herausholen können.« Er drückte ihr den Stapel Geschirrtücher in die Hand und griff nach der Axt, die ihm einer seiner Männer reichte. Dann rannte er auf das Haupttor der Halle zu.

Maggie folgte ihm und schaute hilflos zu, wie Rafe und der andere Mann die riesige Tür mit gewaltigen Axthieben bearbeiteten. Die Hitze wurde immer stärker, strich in Wellen über den Vorplatz dahin, und das Feuer fand immer neue Nahrung in den Heuballen auf der Plattform unter dem Hallendach. Maggie wußte, daß die Zeit knapp wurde, wenn sie die Pferde rechtzeitig hinausbringen und sie davor bewahren wollten, lebendig unter dem einstürzenden Dach begraben zu werden.

Russell und Mike kamen zu ihr, und sie gab jedem von ihnen zwei der Küchentücher. Zwei behielt sie für sich selbst, und den Rest legte sie auf die Erde. Maggie wußte, daß sie und ihre beiden Lehrlinge die besten Chancen hatten, die verängstigten Pferde aus dem Stall zu bringen, weil die Tiere an sie gewöhnt waren.

Maggie dachte an jene andere brennende Scheune, die sie auch heute noch in ihren Alpträumen verfolgte, und begann zu beten, während sie darauf wartete, daß die Öffnung im Tor groß genug war. Sie betete darum, daß die Pferde in ihrem Entsetzen zu beherrschen waren. Betete, daß das Dach hielt, bis alle zwölf Pferde in Sicherheit waren.

Und sie fragte sich, wenn auch nur ganz flüchtig, was das Feuer ausgelöst haben konnte. Da sämtliche Hallen mit elektrischen Anlagen versehen waren, bestand die Möglichkeit, daß ein technischer Defekt den Brand verursacht hatte. Aber irgendwie konnte Maggie es nicht so recht glauben. Sie hatte auf zahllosen Ranches gearbeitet, und keine davon war mit einem derart perfekten, gut funktionierenden Sicherheitssystem ausgerüstet gewesen wie Shamrock. Jede einzelne Halle war individuell geschützt durch ein eigenes Sicherheits- und Feueralarmsystem; die Sprinkleranlagen waren mit den unterirdischen Tanks verbunden, die die Ranch mit Wasser versorgten, und die Wasserzuleitungen wurden stets unter Druck gehalten.

Wie konnte daher die Wasser- und Stromversorgung auf dem gesamten Komplex ausgefallen sein? Und warum hatte der Feueralarm funktioniert, wenn alles andere defekt war?

Die Fragen verloren ihre Bedeutung, als eine schmale, gezackte Öffnung im Tor entstanden war. Maggie schlüpfte hindurch, bevor Rafe sie aufhalten konnte.

»Maggie!«

Sie hustete, als dichter Rauch in ihre Lungen drang und ihre Augen tränen ließ, aber sie lief entschlossen zur nächsten Stallbox weiter. Vereinzelte brennende Heufetzen flatterten vom Dach in die Halle, und es war ein unheimliches Gefühl, sich im rötlichen, flackernden Schein der Flammen zu den Ställen vorzutasten. Einige der Pferde versuchten, ihre Türen einzutreten, während andere wie wild im Kreis herumliefen und vor Entsetzen wieherten.

Ein heftiger Stoß ließ Maggie straucheln, und dann entdeckte sie Figure an ihrer Seite. Der Esel hatte die langen Ohren flach zurückgelegt, und seine Augen waren gerötet vom Rauch, aber Maggie sah, daß er versucht hatte, Diablos Boxentür zu öffnen. Hufspuren auf dem zerkratzten Holz zeugten von Figures verzweifelten Bemühungen, seinen Freund zu befreien – und bewiesen, wie gut die doppelt verstärkten Boxen jedem Angriff eines aufgebrachten Tieres widerstanden.

Maggie schob den aufgeregten Esel beiseite und griff nach dem Seil an der Wand, bevor sie den Riegel öffnete und die Tür aufriß. Sie wußte, daß sie Diablo vor sich hatte, aber nur, weil es seine Box war. Der schwache, unheimliche rote Schein gab nur wenig Licht, und Maggies Augen brannten und tränten von dem dichten Rauch. Sie sprach leise auf den Hengst ein, der ihr schnaubend auswich, und bewahrte die Geduld, weil sie wußte, daß es ihre einzige Hoffnung war. Diablo zitterte am ganzen Körper und wich ihr noch zweimal aus, bevor es ihr endlich gelang, das Tuch über seinem Halfter zu befestigen und seine Augen zu verdecken. Die Panik, die der Hengst empfand, war so groß, daß ihn nicht einmal die Anwesenheit seines Freundes Figure beruhigen konnte. Aber mit bedeckten Augen wurde er fast augenblicklich ruhiger, und es gelang Maggie, ihn rasch aus seiner Box zu führen.

Russel und Mike liefen an ihr vorbei, als sie sich dem Tor näherte. Die Öffnung war inzwischen groß genug, um ein Pferd durchzulassen. Maggie zog den Hengst ins Freie, Figure dicht hinter ihm, und sie merkte kaum, daß es inzwischen heller geworden war.

Von heftigen Hustenanfällen geschüttelt, reichte sie Lisa die Leine. »Bring ihn in eine der anderen Hallen«, sagte sie keuchend, »und gib ihm eine Box mit Koppel. Figure sollte bei ihm bleiben, damit er sich beruhigt. Die Stuten können zusammen auf die große Koppel, aber die Hengste nicht. Sie würden sich gegenseitig umbringen. Wir müssen sie getrennt unterbringen.« Sie bückte sich nach einem frischen Tuch, als Lisa Diablo fortführte.

Rafe packte Maggies Arm. Er führte eine Stute am Zügel, die er gerade aus dem Stall geholt hatte. »Du gehst nicht mehr hinein!« Er drückte ihr die Zügel in die Hand und nahm ihr das Tuch ab. »Bring sie auf die Koppel, Maggie.«

Dann zwängte er sich durch die Öffnung, bevor Maggie etwas entgegnen konnte, und sie führte die Stute zur großen Koppel bei der Wiese. Sie nahm ihr das Tuch ab, das ihre Augen verdeckte, und ließ sie frei. Dann rannte sie zur Halle zurück und zählte in Gedanken die Pferde, die bereits in Sicherheit waren. Russell führte gerade ihren Dust Devil hinaus. Damit waren drei gerettet. Und neun befanden sich noch in der Halle . . .

»Bring ihn in eine Box, Russell!« rief sie dem jungen Mann zu. Das Prasseln des Feuers klang so laut wie das Knurren eines hungrigen Ungeheuers. Drei Männer hielten Wasserschläuche auf die Halle gerichtet, aber Maggie sah, daß sie damit fast nichts ausrichteten. Zum Glück wehte kein Wind, deshalb schienen die anderen Hallen in Sicherheit zu sein. Aber Nummer vier, das war Maggie schmerzlich bewußt, würde bis auf die Fundamente herunterbrennen.

Sie glaubte einen Helikopter zu hören, achtete jedoch nicht auf das Geräusch, sondern nahm Mike eine weitere Stute ab und führte sie zur Koppel.

Vier in Sicherheit. Blieben noch acht . . .

Rafe kam mit einem Hengst aus der Halle, und als er ihr die Zügel reichte, sagte sie rasch: »Rafe, deine Lungen können nicht soviel Rauch aufnehmen . . .« Er hustete bereits stark.

Er nahm ihr ein Tuch aus der Hand und ging auf die Öffnung zu, die jetzt hinter dichtem Rauch verborgen war. »Bring ihn fort, Maggie!«

Sie fluchte vor sich hin und führte den Hengst rasch über die Wiese zu den anderen Hallen, wo sie ihn in eine Box einschloß. Sie war auf dem Rückweg zu Halle vier, als ihr jemand etwas zurief. Automatisch drehte sie sich um.

»Wo ist Rafe?«

Trotz ihrer Angst und Besorgnis war Maggie eine Frau – und keine Frau hätte den Mann übersehen, der vor ihr stand. Der Fremde hatte ein geradezu perfektes Gesicht mit männlich-schönen, markanten Zügen – und Maggie hielt verblüfft den Atem an. Für einen langen Augenblick konnte sie ihn nur anstarren. Sein schwarzes Haar war dicht und leicht gewellt, seine Augen klar und blau, und nicht einmal sein grimmiger Gesichtsausdruck konnte seine Attraktivität schmälern.

»Wo ist Rafe?« wiederholte er ungeduldig, ganz offensichtlich an bewundernde Frauenblicke gewöhnt.

Maggie kam wieder zu sich. »In der Halle«, antwortete sie, bevor sie sich abwandte und über die Wiese lief, den Fremden dicht an ihrer Seite. Sie wußte nicht, wer er war, und es interessierte sie auch nicht sonderlich nach dem anfänglichen Schock über die Begegnung. Es war jetzt wieder das wütende Inferno in der Halle, diese tödliche Falle für Menschen und Pferde, das ihre ganze Aufmerksamkeit beanspruchte.

Sie erreichten die Tür im gleichen Augenblick, als Rafe eine weitere Stute hinausbrachte und einem Stallburschen übergab. Sein Gesicht war leichenblaß unter dem Ruß, seine Augen tränten, und er hustete so stark, daß es seinen ganzen Körper schüttelte.

Der Fremde neben Maggie riß Rafe das Tuch aus der Hand und fuhr Maggie an: »Halten Sie ihn aus dem Stall heraus!«

»Wie, zum Teufel, soll ich das denn tun?« schrie sie ihn an. »Er ist viel stärker als ich!«

»Ich schlage ihn nieder«, knurrte der Fremde, »dann können Sie sich auf ihn setzen.«

Aber dann wandte er sich ohne einen weiteren Blick auf Rafe zur Halle.

»York!« Rafe wäre augenblicklich in die Halle zurückgestürzt, aber Maggie legte ihm beide Hände auf die Brust und drängte ihn zurück, als der Fremde in der Toröffnung verschwand.

»Rafe, du kannst nicht mehr hineingehen!«

»Und York auch nicht, verdammt!«

Jetzt wußte Maggie, wer der Fremde war, und ihr ging flüchtig der Gedanke durch den Kopf, was für ein perfektes Zusammentreffen es gewesen war. Zuerst hatte sie Rafes Bruder wie eine Schwachsinnige angestarrt, um ihn gleich darauf anzuschreien. Wunderbar.

Sie drängte Rafe von der Tür fort, und es gelang ihr, weil er zu sehr hustete, um Widerstand zu leisten. »York paßt schon auf sich auf«, sagte sie. »Wenn du noch einmal hineingehst, wird er dich hinaustragen müssen!« Sie warf einen Blick auf die Koppel und zählte schnell. Acht Pferde befanden sich in Sicherheit; vier waren noch im Stall. Einen flüchtigen Moment lang glaubte sie jemanden auf der Koppel zu sehen, hielt ihn jedoch für einen der Stallburschen, der die aufgeregten Pferde zu beruhigen versuchte.

Die Sonne ging auf und tauchte das brennende Hallendach in einen zusätzlichen orangeroten Schein. Ein beunruhigendes Ächzen und Krachen war zu hören, und Maggie sah, daß einige Männer noch immer versuchten, das Feuer zu löschen, während andere die Funken austraten, die auf das trockene Gras vor der Halle fielen.

Pferde wieherten schrill vor Angst, und jene in Halle drei und fünf waren nahe genug an Rauch und Feuer, um die gleiche Panik zu empfinden wie die eingeschlossenen Tiere in Halle vier.

Maggie zählte von neuem. Drei Pferde blieben noch . . .

York brachte eine Stute aus dem Stall, und jemand schob sich an ihm vorbei in die raucherfüllte Hälle. York blieb stehen, hustete und fragte Rafe: »Ist Burke hier?«

Rafe deutete auf das andere Ende der Halle, wo ein großer, dunkelhaariger Mann beim Feuerlöschen behilflich war. »Er ist eben gekommen. York, bleib hier, verdammt!« Er packte seinen Bruder am Arm.

»Es sind noch zwei Pferde im Stall . . .«

»Und mindestens drei meiner Leute, um sie herauszuholen!« unterbrach Rafe ihn grob, während er seinen Bruder aus dem Bereich der brennenden Halle zog.

Maggie war nur schwach bewußt, wie langsam die Zeit vergangen war. Es war erst eine knappe Stunde her, seit der Feueralarm sie aus dem Schlaf gerissen hatte. Trotz der allgemeinen Hektik schien sich alles wie in Zeitlupe abzuspielen. Selbst ihr Herz hatte einen anderen, langsameren Rhythmus angenommen.

Das Geräusch, das sie plötzlich vernahm, ein merkwürdiges, langgezogenes *Peeeng*, ließ sie verblüfft aufhorchen. Es war von hinter ihnen gekommen, aus der Koppel, und kam ihr irgendwie bekannt vor.

»Runter!« rief York, dann bückte er sich und rannte geduckt auf das andere Ende der Halle zu, wo sich die Männer ebenfalls auf den Boden geworfen hatten.

Rafe hielt sich nur kurz damit auf, Maggie mit einem scharfen Befehl, sich nicht zu rühren, auf den Boden zu drücken, dann lief er geduckt und im Zickzack hinter seinem Bruder her.

Maggie begriff auf einmal und war fassungslos. Wer sollte hier auf sie schießen? Du lieber Himmel – das war ja fast wie im Film! Im wirklichen Leben gibt es so etwas nicht, versuchte sie sich einzureden – aber leider war es eben doch passiert.

Wer immer der Schütze auch sein mochte, er ließ nicht nach in seinen Bemühungen, jemanden zu treffen, und alle Anwesenden gingen in Deckung oder warfen sich zumindest flach auf den Boden. Zwei der Delaneybrüder rannten auf den dritten zu, der – wie Maggie entsetzt feststellte – die Zielscheibe des Heckenschützen war. Die Angst schnürte ihr die Kehle zusammen, und ihr Herzschlag setzte vorübergehend aus, als sie einen der großen, dunkelhaarigen Männer taumeln und stürzen sah. Sekunden später war sie aufgesprungen und auf dem Weg zu ihm.

Durch den Rauch und die gleißende Hitze der brennenden Halle war es fast unmöglich, zu sehen, welcher der Brüder angeschossen worden war, und Maggie wurde fast verrückt vor Angst, es könnte Rafe sein. Jemand hatte ein Gewehr geholt und erwiderte das Feuer, und Maggie hoffte inständig, daß keines der Pferde getroffen wurde. Aber dieser Gedanke war im Augenblick eher nebensächlich.

Die drei Delaneys hatten Deckung hinter einem Lkw gefunden, und Rafe riß Maggie sofort zu sich herunter.

»Verdammt, Maggie, ich habe dir gesagt, du sollst dich nicht vom Fleck rühren!« Er verschwendete jedoch keine Zeit mit weiteren Vorhaltungen, weil er damit beschäftigt war, einen behelfsmäßigen Verband um Yorks linken Oberarm zu legen.

Maggie ermahnte sich zur Ruhe, da alle drei Delaneys relativ sicher schienen und Yorks Verletzung nicht gefährlich war. Er lehnte am Lkw und schien mehr Empörung als Schmerzen zu empfinden, während Rafe seine Wunde versorgte. York fluchte laut und erstaunlich einfallsreich, und Maggie hörte fasziniert zu. Er hat sich nicht ein einziges Mal wiederholt! dachte sie anerkennend.

Im Bewußtsein, daß ihr Kichern unter den gegebenen

Umständen völlig natürlich war, richtete Maggie ihre Aufmerksamkeit auf Rafe, der seinem ältesten Bruder etwas zu erklären schien.

»Wirst du die verdammten Drohungen jetzt endlich ernst nehmen?« herrschte er ihn an. »Verdammt, und ich habe mich gewundert, wie das gesamte System defekt sein konnte. Jetzt weiß ich Bescheid!«

»Ja, jetzt wissen wir Bescheid«, stimmte Burke Delaney ruhig zu. Seine grünen Augen strahlten eisigen Zorn aus, als er in die Richtung schaute, aus der der Heckenschütze feuerte.

Maggie betrachtete Burke neugierig, denn eine warnende innere Stimme sagte ihr, daß sie sich jetzt besser auf irgend etwas konzentrierte, wenn sie nicht den Verstand verlieren wollte.

Burke war als Objekt so gut wie jedes andere.

Der älteste Delaneybruder besaß unregelmäßigere Züge als die beiden anderen, ein harter Mann, dessen markantes Gesicht eine gewisse Rücksichtslosigkeit verriet. Das kann natürlich auf die Situation zurückzuführen sein, dachte Maggie, aber im Grunde glaubte sie nicht recht daran.

Für sich betrachtet, war jeder einzelne der Brüder ein auffallend attraktiver Mann. Zusammen strahlten sie eine solche Kraft und Macht aus, wie sie heutzutage nur noch selten zu erleben war. Maggie war wie verzaubert von den Brüdern und schaute fasziniert von einem zum anderen. Sie hörte keine Schüsse mehr, und blinzelte erstaunt, als jemand eine Hand vor ihren Augen schwenkte.

»Maggie?«

Sie schaute Rafe an und lächelte. »Mir geht's gut«, sagte sie munter. Sie saß aufrecht, mit gekreuzten Beinen, auf dem Boden, hatte die Hände locker im Schoß liegen und wunderte sich, daß Rafe sie so merkwürdig ansah.

Rafe schien ein Grinsen zu unterdrücken. »Wirklich?« Er schaute seine Brüder an, die Maggie ebenfalls sehr aufmerksam betrachteten. »Shamrocks neueste Trainerin – Maggie O'Riley«, stellte Rafe sie vor.

Bevor er die Vorstellung weiterführen konnte, nickte Maggie seinen Brüdern fröhlich zu. »Sie sind also die beiden anderen Delaneys. York habe ich angeschrien, und Burke ist der mit dem bösen Blick.« Sie blinzelte erschrocken und rieb sich verlegen die Stirn. »Das habe ich nicht gesagt«, murmelte sie.

»Sie hat einen schlimmen Morgen hinter sich«, erklärte Rafe seinen lachenden Brüdern.

»Nun ja, sie *hat* mich angeschrien«, gab York zu. »Und Burke sieht ja wirklich böse aus. Es muß das Licht sein oder so, aber er hat einen schrecklich grimmigen Blick.«

Sichtlich belustigt meinte Burke: »Man hat mich schon schlimmer beschrieben.«

»Geht uns das nicht allen so?« bemerkte York seufzend und zuckte zusammen, als er seinen verletzten Arm bewegte. »Verdammt, hat der Kerl endlich aufgehört zu schießen?«

Rafe spähte vorsichtig um die Wagenkante. »Es sieht so aus. Tom ist mit ein paar Männern auf der Koppel. Der Heckenschütze muß zum Fluß geflüchtet sein.«

»Wir haben jetzt keine Möglichkeit, ihn zu schnappen«, meinte Burke, um dann hart hinzuzufügen: »Aber auf Dauer entkommt er uns nicht.«

Maggie schaute zu, noch immer von dieser merkwürdigen Faszination ergriffen, wie Rafe aufstand und er und Burke York auf die Beine halfen.

»Komm, Bruder«, sagte Rafe. »Laß uns zum Tierarzt gehen.«

»Zum *Tier*arzt?«

»Tut mir leid, aber das ist der einzige Arzt, den wir hier haben.«

»Na wunderbar! Damit schulde ich dir schon zwei, kleiner Bruder«, sagte York bedeutungsvoll.

»Zwei? Was meinst du . . .« Rafe brach abrupt ab und machte ein Gesicht, als hätte er lieber nichts gesagt.

»Kathleen«, bemerkte York sehr sanft.

Diesmal zuckte Rafe zusammen. »Wie wäre es, wenn wir später darüber reden?« schlug er vor.

»Das werden wir«, stimmte York freundlich zu. »Ich möchte beide Arme benutzen können, wenn wir darüber reden.«

»Streitet euch nicht, Jungs«, warf Burke ein. »Wir haben einen brennenden Stall zu löschen.«

Maggie stand auf und schaute den Brüdern nach, als sie zu Dr. Woods hinübergingen, der damit beschäftigt war, einige kleinere Verletzungen zu behandeln. Sie runzelte die Stirn und zählte in Gedanken, aber irgendwie kam sie nie zu dem erwarteten Resultat. Elf? Wieso elf? Irgend etwas stimmte nicht an ihrer Rechnung. Dann erschien Russell an ihrer Seite, mit rußverschmiertem Gesicht und ängstlich flackerndem Blick.

»Maggie, wir haben es versucht . . . aber er hat Lisa getreten . . . und ich mußte sie hinaustragen . . . Das Dach stürzt gleich ein . . .«

Eisige Furcht und kaltes Entsetzen griffen nach Maggies Herz, und sie starrte Russell betroffen an. »Mein Gott!« flüsterte sie. »Zwölf! Ich wußte ja, daß es zwölf sein mußten!« Damit drehte sie sich um und rannte auf das brennende Gebäude zu, das noch immer ein Pferd gefangenhielt.

»*Maggie*!«

Rafe hörte den Schrei und drehte sich augenblicklich um, aber er sah nur noch, wie Maggie in der brennenden Halle verschwand. Dann erschien Russells aschgraues

Gesicht vor ihm, und als Russel sprach, schien Rafes Herz vor Schreck versagen zu wollen: »Rafe, sie will Warlock herausholen!«

Mit einem erstickten Ausruf stieß Rafe Burke zur Seite, der unwillkürlich seine Hand nach ihm ausgestreckt hatte, und rannte auf die Scheune zu. Er konnte sehen, daß das Dach sich bereits nach unten neigte und brennende Balken krachend in die Halle stürzten. Mit entsetzlicher Klarheit wurde ihm bewußt, daß Maggie nie wieder lebend hinausfinden würde.

Und er rannte los.

8

Rafe hätte seinen Bruder fast geschlagen, als Burke ihn kurz vor der gezackten Öffnung im Tor aufhalten wollte, und hätte es sicher auch getan, wenn seine Arme sich nicht in einer schweren, nassen Pferdedecke verfangen hätten. Irgend jemand schien einen Teil der Ausrüstung gerettet zu haben, und Burke hatte blitzschnell eine der Decken naßgemacht. Zwei Decken, dachte Rafe undeutlich, als er sah, wie sein Bruder eine andere Decke um seine eigenen Schultern legte.

»Zieh sie über den Kopf!« befahl Burke gepreßt. »Und sieh dich um Himmels willen vor herabstürzenden Balken vor!«

Der Gedanke, daß Burke nichts in der brennenden Halle zu suchen hatte, ging Rafe flüchtig durch den Kopf, aber er verschwendete keine Zeit mit Widerspruch, weil er wußte, daß es nutzlos gewesen wäre. Die tropfende Decke um die Schultern, schob er sich durch die Öffnung – direkt in die Hölle hinein.

An diesem Ende der Halle war das Dach bereits teilweise eingestürzt, und die Boxen standen in Flammen, und über ihnen war nichts mehr als die nackte Metallstruktur des Dachstuhls. Der Rauch war höllisch dicht und schmerzte in ihren bereits angegriffenen Lungen und Augen.

Rafe tastete sich durch brennende Trümmer zum entfernten Ende der Halle vor, wo sich Warlocks Box befand. Rechts von ihm stürzte mit gewaltigem Krachen ein Balken herab, und Rafe spürte die zusätzliche Hitze bis in die Knochen. Er konnte keinen halben Meter weit sehen, und wäre fast gegen eine stolpernde, halbblinde Maggie gestoßen, die einen schwarzen Hengst, dem sie die Augen verbunden hatte, am Zügel führte.

Direkt hinter dem Pferd sauste ein weiterer Balken herab, und Rafe packte Maggie und zog sie unter seine rasch trocknende Decke. Er fluchte heiser, als er hörte, wie ein gewaltiger Hustenanfall ihren schmalen Körper schüttelte.

»Bring sie hinaus!« schrie Burke. »Ich kümmere mich um das Pferd.« Er mußte Maggie die Zügel fast entreißen, und erstaunlicherweise folgte ihm das zitternde Pferd so gehorsam, wie es sich von Maggie hatte führen lassen.

Kaum waren sie ins Sonnenlicht hinausgetreten, als ein häßliches Dröhnen hinter ihnen erklang und das gesamte Hallendach einstürzte.

Maggie wußte nicht, wieviel Zeit vergangen war, bevor ihr die Maske bewußt wurde, die ihr Gesicht bedeckte, und sie den erleichternden Zustrom von Sauerstoff in ihren Lungen spürte. Sie merkte vage, daß die Feuerwehr gekommen war, zu spät für die Halle.

Während sie in tiefen Zügen den Sauerstoff einatmete, hörte sie Stimmen.

»Wenn du das nächste Mal versuchst, mich zu boxen, Bruderherz, dann wird dein Stolz eine herbe Enttäuschung erleben.«

Das, dachte Maggie heiter, war Burkes Stimme. Dann hörte sie York sprechen.

»Ich weiß nicht, Burke. Ich wette, der alte Shamus sah nicht einmal halb so wild aus, wenn er mit den Apachen kämpfte, wie vorhin Rafe.

Dann hörte Maggie Rafes Stimme, die etwas heiserer als gewöhnlich klang, aber dennoch sehr munter.

»Ich plädiere auf vorübergehende Unzurechnungsfähigkeit«, sagte er belustigt. »Aber könnten wir das Thema jetzt fallenlassen? Schließlich habe ich niemanden geschlagen.«

»Du hättest fast den Feuerwehrmann angegriffen, als er sie dir abnahm«, meinte Burke nachdenklich. »York mußte sich auf dich setzen.«

»Das mußte er nicht!« widersprach Rafe entrüstet. »Er hat mir ein Bein gestellt, und ich bin gestolpert.«

Maggie fiel plötzlich etwas ein, als sie diesem für sie unverständlichen Dialog zuhörte, und sie richtete sich mit einem Angstschrei auf. Sie zerrte die Sauerstoffmaske von ihrem Gesicht und stellte fest, daß sie Mittelpunkt allgemeiner Aufmerksamkeit war. Neben ihr auf dem Boden lagen andere Angestellte der Ranch, die Rauchvergiftungen oder Verbrennungen erlitten hatten, und überall liefen Feuerwehrmänner herum.

»Warlock?« fragte sie erstickt.

»Oh, ihm geht es gut.« Rafe starrte sie an, einen Blick in den Augen, den sie noch nie an ihm gesehen hatte. »Aber *dir* droht Gefahr, erdrosselt zu werden!«

Sie setzte hastig ihre Sauerstoffmaske wieder auf und atmete methodisch, während sie Rafe über den Plastikrand anstarrte. Es ist viel sicherer, dachte sie, noch ein bißchen das bemitleidenswerte Opfer zu spielen.

Aber Rafe schien es ihr nicht abzukaufen.

»Sobald ich mich von der ganzen Aufregung erholt habe, unterhalten wir uns, Maggie«, sagte er höflich, aber bestimmt zu ihr, ohne auf die Zuschauer zu achten, die sie umringten.

»Das könnte interessant werden«, murmelte York.

Rafe warf ihm einen Blick zu. »Du bist nicht eingeladen.«

Maggie wurde von einem unwiderstehlichen Kicheranfall erfaßt und bemühte sich verzweifelt, ernst zu bleiben. Es gab zwar nichts zu lachen nach dieser schrecklichen Tragödie, aber die drei Delaneys schauten Maggie alle so merkwürdig an mit ihren rußverschmierten Gesichtern . . . und York sah so komisch aus mit dem fehlenden Ärmel seines Khakihemds und dem blutdurchtränkten Verband um seinen Arm . . . Im übrigen schienen alle drei Männer in ausgesprochen alberner Stimmung zu sein. Oder war sie es, Maggie, die sich albern verhielt?

Bemüht, an etwas anderes zu denken, zog sie sich die Sauerstoffmaske vom Gesicht und wandte sich an Rafe. »Hat jemand die Polizei . . .«

»Ich finde, wir sollten uns jetzt alle erst mal säubern«, unterbrach er Maggie brüsk und stand auf. Er warf York einen vielsagenden Blick zu, als dieser sich ebenfalls erhob. »Und da Shamrock über mehrere Badezimmer verfügt, braucht hier keiner Schlange zu stehen, um duschen zu können.«

»Ich hasse Angeber, du etwa nicht?« fragte York seinen ältesten Bruder.

»Sie sind mir unerträglich«, stimmte Burke prompt zu.

Maggie überlegte noch, wann sie den Faden der Unterhaltung verloren hatte, als Rafe sich bückte und sie hochhob. Sie übergab die Sauerstoffmaske einem grinsenden Feuerwehrmann und starrte Rafe aufsässig an. »Ich kann laufen.«

»Das bezweifle ich.«

Sein Kommentar drang kaum in ihr Bewußtsein; sie war viel zu beschäftigt, über Rafes Schulter zurückzustarren. »Jemand sollte hier aufräumen«, sagte sie, empört über das glimmende Durcheinander, das hinter ihnen zurückblieb.

Alle drei Männer drehten sich wie auf Kommando zu Halle Vier um und schauten sich an. Dann richteten sie ihre Blicke auf Maggie.

»Na ja«, murmelte sie, im Bewußtsein, daß ihr Kommentar unangebracht gewesen war.

Rafe seufzte und begann zum Haus hinüberzugehen. Maggies Gewicht schien ihn nicht im geringsten zu belasten. »So habe ich sie noch nie erlebt«, bemerkte er zu seinen Brüdern.

»Und sie ist eine Trainerin?« fragte York skeptisch.

»Die beste auf der Welt! Diablo frißt ihr aus der Hand.«

»Was – du läßt dieses arme, verwirrte Kind in die Nähe dieses Satansbratens?« fragte Burke halb verärgert, halb erstaunt.

»Sie hat mich mehr oder weniger dazu gezwungen«, entgegnete Rafe verteidigend.

»Ah, so war das also!« Burke schien befriedigt.

»Da konntest du natürlich nichts machen«, fügte York hinzu.

Maggie wollte ihnen sagen, sie sollten aufhören, über sie zu reden, aber es war Rafes Ohrläppchen, das ihre ganze Aufmerksamkeit beanspruchte. Sie stellte sich einen goldenen Ohrring daran vor und dachte ausführlich darüber nach. »Gold«, sagte sie, »aber sehr schmal. Auf keinen Fall zu breit.«

Rafe ging unbeirrt weiter. »Auf keinen Fall zu breit«, stimmte er ruhig zu.

Maggie nickte weise. »Es würde den Effekt zerstören, wenn er zu breit wäre«, beharrte sie, im Gefühl, daß Rafe nicht ganz einverstanden war. »Mehr Pirat als Zigeuner.«

Ein ersticktes Geräusch veranlaßte sie zu einem empörten Stirnrunzeln, aber sowohl York wie Burke machten ein todernstes Gesicht. Burke nickte sogar zustimmend.

Froh, daß jemand ihre Ansicht teilte, schenkte sie ihm ein strahlendes Lächeln. Dann schloß sie ihre Arme fester um Rafes Nacken und sagte schlicht: »Ich möchte ins Bett, Rafe.«

Ein Grinsen erschien auf Rafes Gesicht. »Bitte, Maggie . . . mit derartigen Forderungen solltest du lieber warten, bis wir allein sind.«

»Aber ich will jetzt ins Bett«, beharrte sie stur.

»Sie redet nicht um den heißen Brei herum, was?« murmelte York.

»Sie ist nicht sie selbst«, sagte Rafe, um dann seufzend hinzuzufügen: »Schade drum.«

Burke und York wechselten einen Blick, und der ältere der beiden sagte trocken: »Wir werden dich nicht fragen, was diese Bemerkung zu bedeuten hat.«

»Danke«, erwiderte Rafe.

Maggie legte ihren Kopf auf seine Schulter. Sie war plötzlich so müde, daß sie ihre Augen nicht mehr offenhalten konnte. »Rafe . . .? Bringst du mich ins Bett?«

Die Antwort hörte sie nicht mehr.

Zum zweiten Mal trug Rafe eine schlafende Maggie in ihr Bett. Wie zuvor, blieb er auch diesmal lange stehen, um sie anzusehen und ihr das lange, rußgeschwärzte Haar aus dem Gesicht zu streichen. Sie sieht aus, als käme sie direkt aus der Hölle, dachte er. Ihre Hände waren schmutzig, und ihre Kleider schwarz vom Rauch. Er wußte, daß ihr ein Bad gutgetan hätte, aber er hatte nicht die Absicht, ihren erschöpften Schlaf zu unterbrechen – oder sie selbst zu baden.

Diese Art von Willenskraft besaß er nicht.

Im übrigen befand er sich nicht gerade in der geduldigsten seiner Stimmungen. Maggies albernes Verhalten, das auf ihre Hysterie zurückzuführen war, hatte vorübergehend seinen Zorn besänftigt, aber Rafe wußte, daß er nie vergessen würde, wie sie in das brennende Gebäude zurückgestürzt war. Er hatte das Gefühl, an einem einzigen Morgen zehn Jahre gealtert zu sein, und es hätte ihn nicht überrascht, wenn er in den Spiegel geschaut und festgestellt hätte, daß sein Haar schneeweiß geworden war.

Während er Maggies rußverschmiertes Gesicht betrachtete, seufzte er tief. Er wollte sie an sich ziehen und festhalten, denn fast hätte er sie für immer verloren. Aber statt dessen richtete er sich auf und ging zu seinem eigenen Zimmer, um eine Dusche zu nehmen.

Ich werde sie heiraten, nahm er sich vor und preßte so fest die Zähne zusammen, daß es schmerzte.

Nachdem er sich geduscht, rasiert und umgezogen hatte, fühlte Rafe sich etwas wohler und entspannter. Er sprach mit Mrs. Taylor, der neuen Haushälterin, und ging ins Wohnzimmer, um auf seine Brüder zu warten, wo er nach einem Blick auf die Uhr überrascht feststellte, daß es noch früher Morgen war. Aber er zuckte nur mit den Schultern und ging zur Hausbar, um sich einen Drink einzuschenken.

Es war zweifellos noch zu früh dazu, aber Rafe fand, daß sie alle einen Drink verdient hatten. Er war bei seinem zweiten, als Burke den Raum betrat, und er schaute seinen Bruder mit fragend erhobenen Brauen an.

Burke nickte und nahm das Glas, das Rafe ihm reichte. Er sah zu, wie Rafe sein eigenes leerte und von neuem füllte, und sagte milde: »Nicht einmal dein sturer Kopf kann soviel auf leeren Magen vertragen.«

»Mrs. Taylor macht uns etwas zu essen«, entgegnete Rafe in geistesabwesendem Ton. Dann schaute er seinen Bruder an und runzelte die Stirn. »Du hättest dir etwas von mir borgen können.« Burke hatte zwar geduscht, aber danach wieder seine verschmutzten Kleider angezogen.

»Nicht nötig. Ich brauche auch nichts zu essen. Ich muß zurück.«

»Du wirst vorher etwas essen«, sagte Rafe bestimmt. »Das ist das mindeste, was ich für dich tun kann. Ich schuldete dir sehr viel mehr als das, Burke. Vor allem, nachdem du mit mir in die brennende Halle zurückgegangen bist, als mein . . .«

»Dein Mädchen«, murmelte Burke im gleichen zärtlichen Ton, mit dem ihr Vater den Kosenamen ausgesprochen hatte, den er seiner Frau verliehen hatte.

Rafe schaute Burke sinnend an, dann lächelte er. »Ich habe mich verraten, was?«

»Ich glaube, ich habe begonnen zu begreifen, als du anfingst, nach mir zu boxen«, sagte Burke. »Und als du fast den armen Feuerwehrmann niedergeschlagen hättest, war mir alles klar.«

Rafe betrachtete das Glas in seiner Hand und schaute erst wieder auf, als Burke das Thema wechselte.

»Ich melde das Feuer heute nachmittag der Versicherung.«

»Nein, das mache ich selbst.« Rafe schüttelte den Kopf

und bedachte seine Brüder mit einem unaufrichtigen Blick. »Du hast im Moment mehr als genug im Kopf.«

»Das habe ich nicht gesagt, oder?«

Rafe lächelte schwach. »Komisch – wenn man selbst Probleme hat, fällt es einem nicht so schwer, sie bei anderen zu erkennen, vor allem, wenn es ähnlich geartete Probleme sind.«

»Einige . . . Fusionen dauern länger als andere«, sagte Burke.

Rafe setzte zu einer Erwiderung an, aber dann überlegte er es sich anders und brachte ein Thema auf, das ihn weit mehr beunruhigte, weil es die persönliche Sicherheit seines Bruders betraf. »Dieser verrückte Kerl dort draußen . . .« Er schüttelte den Kopf, und es überlief ihn eiskalt beim Gedanken, wie nahe der Heckenschütze daran gewesen war, sein Ziel zu erreichen – und wie es ihm fast gelungen wäre, mindestens einen Delaney zu töten. »Was wirst du unternehmen, Burke? Kann ich dir irgendwie dabei helfen?«

»Ich werde Cougar freie Hand lassen«, erwiderte Burke lächelnd. »Er wird die Angelegenheit in Ordnung bringen.«

Da Rafe Burkes Sicherheitschef kannte, zweifelte er nicht daran. Er nickte zustimmend. »Halte mich auf dem laufenden, ja? Ich möchte täglich informiert werden. Und bis Cougar die Sache erledigt hat, wäre es besser, wenn du meinen Helikopter nähmst statt deinen. Deiner sollte gründlich überprüft werden, und soviel ich weiß, ist dein Mechaniker derzeit in Urlaub.«

Burke schien bereits darüber nachgedacht zu haben, denn er schüttelte den Kopf. »Dieser Schuft hatte keinen Zugang zu den Hubschraubern. Er wäre an meinen nicht herangekommen.«

»So wie er nicht an dich herankam?« warf Rafe zweifelnd ein.

»Ich werde schon damit fertig, Rafe.«

Rafe fluchte unterdrückt. »Bestimmt«, murmelte er.

Burkes Ton wurde etwas sanfter. »Hör auf, dir die Schuld daran zu geben. Dein Sicherheitssystem ist darauf angelegt, die Tiere und die Gebäude zu schützen, und nicht die Menschen. Du konntest ja nicht ahnen, daß er hier auf mich schießen würde.«

»Ich hätte den Alarm abstellen sollen, der dich und York herbeirief«, beharrte Rafe. »Es war völlig unnötig, euch beide im Morgengrauen aus dem Bett zu reißen. Meine Leute wären auch allein mit dem Feuer fertiggeworden.«

»Danke«, sagte Burke trocken.

Rafe hob rasch den Kopf. »Du weißt, daß ich damit nicht sagen wollte . . .«

Burke nickte schmunzelnd. »Ich weiß. Und *du* weißt, daß uns die Möglichkeit eines Zwischenfalls wie das heutige Feuer dazu bewogen hat, das interne Alarmsystem einbauen zu lassen.«

»Diese Delaneys«, murmelte Rafe mit einem Lächeln, das seine Zuneigung für seine beiden Brüder verriet. »Einer schreit um Hilfe, und die anderen kommen angerannt.«

»Wäre es dir anders lieber?«

»Du liebe Güte, nein!«

»Siehst du – mir nämlich auch nicht.«

»Und mir auch nicht«, sagte York von der Tür her und kam ins Wohnzimmer. Auch er hatte geduscht und trug, wie Burke, die gleichen Sachen, in denen er nach Shamrock gekommen war. »Wenn die Bar noch geöffnet ist, möchte ich jetzt auch einen Drink.«

Rafe reichte ihm ein Glas. Er wünschte, selbst die Kugel abbekommen zu haben, die seinen Bruder getroffen hatte, aber in weiser Voraussicht sah er von einer derartigen Bemerkung ab. Seine beschützerischen

Instinkte seinem Bruder gegenüber saßen tief verwurzelt in ihm, aber er wußte auch, daß York nicht länger Schutz brauchte. »Was macht dein Arm?«

»Er schmerzt«, erwiderte York.

»Leg ihn in eine Schlinge«, riet Rafe. »Es wird deinem klassichen Profil einen Hauch von Romantik verleihen.«

»Ich schulde dir bereits zwei«, entgegnete York drohend. »Paß auf, daß kein drittes Verbrechen hinzukommt, Bruder.«

Rafe grinste. Er wußte natürlich, wie sehr York es haßte, wenn jemand sein außergewöhnlich gutes Aussehen erwähnte. Aber dann wurde er wieder ernst und suchte Yorks Hilfe bei einem Anliegen, das ihm schwer auf der Seele lag. »Ich habe Burke gesagt, er soll meinen Hubschrauber nehmen, um nach Killara zurückzufliegen.«

»Das finde ich auch«, stimmte York augenblicklich zu. »Es wäre vielleicht noch besser, wenn ich ihn selbst hinfliegen würde.«

»Ich brauche keinen Leibwächter«, erklärte Burke.

»Den Eindruck habe ich aber doch«, widersprach York.

Burke begann, nervös im Raum auf und ab zu gehen. »Mir passiert schon nichts. Ich mache mir viel größere Sorgen um Rafes Verluste. Zwar sind alle Pferde gerettet, und die Versicherung . . .«

»Zahlt keinen Penny«, warf Rafe ruhig ein.

Beide Brüder starrten ihn eine volle Minute lang an, bevor ihnen dämmerte, was Rafe damit sagen wollte. Burke fluchte leise, und York schnitt eine Grimasse.

»Keine Publicity«, sagte York. »Darüber waren wir uns einig.«

»Was bedeutet, daß das Feuer wie ein Unfall aussehen muß«, stimmte Rafe zu. »Der Hauptmann der Feuerwehrleute hat meine Aussage bereits akzeptiert, daß es ein Unfall war – aber die Versicherungsgesellschaft wird es nicht, Burke. Wenn ich einen Anspruch anmelde, schicken sie uns einen Inspektor, und der wird nicht lange brauchen, um festzustellen, daß nur Sabotage den Ausfall unseres gesamten Sicherheitssystems provoziert haben kann.«

Er zuckte die Schultern. »Deshalb kann ich keine Schadensersatzansprüche anmelden. Sonst erscheint die ganze Angelegenheit brühwarm in der Presse.«

»Vielleicht würden sie keinen Inspektor schicken«, meinte York, jedoch ohne Überzeugung, da er wußte, daß es so sein würde. Und Rafes Erklärung bestätigte es.

»Sie haben unser Alarmsystem gründlich untersucht, bevor sie die Police ausstellten, und sie wissen verdammt gut, daß es narrensicher ist. Im übrigen haben sie mir selbst die Firma empfohlen, die das System eingebaut hat. Deshalb werden sie wissen wollen, warum es nicht funktioniert hat.«

»Falls du Schadenersatz beantragst«, bemerkte Burke ernst.

Wieder zuckte Rafe die Schultern. »Ich habe es nicht vor. Die Ranch steht nicht in den roten Zahlen; ich kann es mir leisten, die Halle wieder aufzubauen.«

Burke schüttelte den Kopf. »Kommt nicht in Frage. Dafür kommt unsere Aktiengesellschaft auf. Die Ranch soll nicht darunter leiden, daß ein Wahnsinniger versucht, mich umzubringen.« Er hob die Hand, als Rafe zum Protest ansetzte.

Da er seinen Bruder kannte, gab Rafe nach. »Na schön.«

»Ich überweise dir sofort, was zum Wiederaufbau nötig ist.«

»Keine Eile.« Rafe war eben zu Bewußtsein gekommen, daß Maggie ohne ihre Ausrüstung, von der der größte Teil verbrannt war, nicht arbeiten konnte. Es war ein verlockender Gedanke für ihn, und keinem seiner Brüder entging der mutwillige Glanz in seinen Augen.

Sie wechselten einen bedeutsamen Blick, aber dann sagte Rafe: »Burke, wenn du meinen Hubschrauber nicht nehmen willst und dich nicht von York zurückfliegen läßt . . .«

»Ich denke nicht daran.«

»Burke . . .«

Mrs. Taylor erschien in der Tür. »Mr. Delaney?« Alle drei Männer schauten sie an, und sie wurde ein bißchen verlegen. »Ich habe etwas zu essen vorbereitet . . .«

»Danke, Mrs. Taylor.« Rafe machte seinen Brüdern ein Zeichen, voranzugehen. Während er ihnen folgte, überlegte er, wie er Burke davon überzeugen konnte, seinen Hubschrauber zu nehmen.

Er protestierte noch immer, als er seine Brüder wenig später zum Landeplatz begleitete, obwohl ihm längst bewußt war, daß er verloren hatte. Dennoch überprüfte er mit York Burkes Hubschrauber, aber keiner von beiden fand irgendeinen Hinweis darauf, daß jemand an der Maschine manipuliert hatte.

»Ruf mich an, wenn du zu Hause bist«, bat Rafe und schaute Burke dabei fest in die Augen.

Burke lachte leise. »Ja, Papa.«

»Und sei *vorsichtig*«, fügte York eindringlich hinzu, bevor er auf seinen eigenen Helikopter zuging.

Rafe rief ihm nach: »Und du gehst mit diesem Arm zu einem *richtigen* Arzt!«

Ein zustimmendes Winken, und Rafe trat zurück, als Sekunden später beide Helikopter in die Luft stiegen. Er schaute zu, wie sie sich in verschiedene Richtungen entfernten, und grinste, als – wie erwartet – Yorks Hubschrauber eine Schleife zog und Burkes zu folgen begann. Burke würde es sicher merken, und Rafe war sicher, daß er York über Funk dafür verfluchen würde, aber er wußte auch, daß nichts York davon abbringen konnte, seinem ältesten Bruder zu folgen, bis er sicher in Killara gelandet war.

Das schwache Licht in ihrem Schlafzimmer verriet Maggie, daß es später Nachmittag sein mußte, als sie erwachte. Ihre Kehle war rauh und schmerzte, und ihr Körper fühlte sich steif und wund an. Sie richtete sich auf, schwang die Beine über die Bettkante und gähnte – dann merkte sie, daß sie in ihren Kleidern geschlafen hatte. Und in was für Kleidern! Schmutzig, rußverschmiert . . .

Ruß?

Sekunden später war alles wieder da. Alles. Das Feuer, das schreckliche Rennen gegen die Zeit, um alle Pferde zu retten, die Schüsse aus dem Hinterhalt . . . und die Begegnung und die Gespräche mit den Delaneybrüdern.

Maggie wünschte von Herzen, diese Erinnerungen an einen Ort verbannen zu können, an dem sie sie nie wiederfand.

Auf unsicheren Beinen ging sie ins Badezimmer, schaute in den Spiegel – und stöhnte laut. Du lieber Himmel. Sie hatte sich nicht nur wie eine Verrückte aufgeführt, sie sah auch ganz so aus!

Ihr Haar war verfilzt, schmutzig und roch nach Rauch – wie alles andere an ihr. Ihre Kleider waren zerrissen und unglaublich verschmutzt; ihre Hände waren schwarz, und ihr Gesicht war mit Rußstreifen überzogen. Wenn Rafe nach seiner Prügelei in jener Bar wie ein Kriegsversehrter ausgesehen hatte, so sah *sie* jetzt aus, als hätte sie drei Kriege überstanden.

Und als wäre sie unter den Verlierern gewesen.

Sie ging rasch unter die Dusche und fluchte dabei verärgert vor sich hin. Eitelkeit gehörte zwar nicht zu ihren Untugenden, aber daß Rafes Brüder sie so gesehen hatten, entsetzte sie maßlos. Und natürlich fragte sie sich unwillkürlich, ob Rafe es sich nicht auch anders überlegt haben mochte, nachdem er sie so erlebt hatte. Es wäre ihm nicht übelzunehmen gewesen.

Ein irisches Mädchen heiraten zu wollen, das nichts anderes besitzt als seine Liebe zu Pferden, ist noch verständlich, dachte sie, aber diesen Wunsch aufrechtzuerhalten angesichts einer rußgeschwärzten Frau, die unter dem Druck der Ereignisse fast den Verstand verloren hat . . .

Maggie schrubbte, bis mit dem Ruß fast ihre Haut abging, aber schließlich war sie sauber, und der heiße Wasserdampf linderte den Schmerz in ihrer Kehle. Saubere Sachen anzuhaben war ein wunderbares Gefühl, und nachdem sie den Fön benutzt hatte, schimmerte auch ihr Haar wieder in seiner gewohnten goldenen Fülle.

Dann straffte Maggie die Schultern und verließ ihr Zimmer, um sich dem Löwen zu stellen. Oder – in ihrem Fall – dem Zigeuner. Hatte sie wirklich irgend etwas über einen goldenen Ohrring dahergeplappert?

Mrs. Taylor stürzte sich praktisch auf Maggie, als diese die Küche betrat, und während Maggie ohne Appetit ein Sandwich aß, war sie gezwungen, ihren ursprünglichen Eindruck von der neuen Haushälterin zu revidieren. Anscheinend hatte Mrs. Taylor beschlossen, daß Maggie jemanden brauchte, der sich um sie kümmerte, und sie schimpfte sie dafür aus, in die brennende Scheune zurückgegangen zu sein. Womit bewiesen war, daß sich die Geschichte inzwischen herumgesprochen hatte.

Mrs. Taylors Antwort auf Maggies verlegene Frage nach den Delaneybrüdern war einigermaßen beruhigend. Rafe hielte sich bei den Ställen auf, berichtete die

Haushälterin, und die anderen beiden Brüder seien abgereist.

Also brauchst du nur einem gegenüberzutreten, dachte Maggie erleichtert. Aber wenn der unterdrückte Zorn, den sie in Rafes Blick gesehen hatte, echt und keine Einbildung gewesen war, stand ihr dennoch einiges bevor.

Sie war schon etwas zuversichtlicher, als sie die heruntergebrannte Scheune erreichte und dort Rafe antraf, der den entstandenen Schaden überprüfte. Einige Angestellte der Ranch suchten in den Trümmern nach irgendwelchen noch verwendbaren Gegenständen.

Maggie blieb einen Moment still stehen und beobachtete Rafes Profil. Sie zuckte zusammen, als Toms ruhige Stimme neben ihr erklang.

»Morgen wird mit dem Wiederaufbau begonnen.«

Sie drehte sich verwirrt zu dem Vorarbeiter um. »Hier, meinst du? Aber müßte die Versicherung nicht zuerst feststellen, was den Schaden verursacht hat?«

»Es war Sabotage«, erwiderte Tom gelassen. »Deshalb unterbrach Rafe dich, als du anfingst zu fragen, ob die Polizei benachrichtigt worden sei. Denn das war es doch, was du fragen wolltest, oder?«

»Ja. Du meinst, niemand hat sie informiert?«

Tom lächelte schwach. »Nein. Und niemand wird es tun. Die Delaneys kümmern sich selbst um ihre Probleme.«

»Selbst?« wiederholte Maggie fassungslos.

Tom lachte. »Diese drei würden nicht zögern, gemeinsam die Hölle zu stürmen, wenn es sein müßte. Oder jeder für sich allein. Burke würde die Verhandlungen führen und dem Teufel seine Mistgabel und seinen Schwefel abschwatzen. York würde kämpfen für zehn und die Hölle in Trümmer verwandeln.«

»Und Rafe?« warf Maggie leise ein.

»Rafe . . .« Tom schüttelte lächelnd den Kopf. »Rafe würde ebenfalls für zehn kämpfen und dann, wenn alles vorbei ist, den Teufel zu einem Drink einladen.«

Maggie drehte sich wieder zu Rafe um. Nein, die Delaneys sind keine Aristokraten, dachte sie, aber sie sind stattliche Männer. Stark und selbstsicher. Obwohl jeder selbst mit seinen Problemen fertig geworden wäre, hielten sie zusammen und fanden zusätzliche Kraft in ihrer Solidarität. Es war eine Solidarität, die Maggie gleichzeitig traurig machte und mit Sehnsucht erfüllte.

»Wie . . . woher wußten die anderen zwei, daß es hier brannte?« fragte sie Tom leise.

»Sie haben ein spezielles Alarmsystem«, erklärte Tom. »Als unser Feueralarm losging, folgte fünf Minuten später Alarm in Killara, im Delaneyturm in Tucson und in Yorks Haus in Hell's Bluff. Wäre es falscher Alarm gewesen, hätte Rafe ihn rechtzeitig abstellen können, bevor er die anderen erreichte.«

»Sie scheinen sich sehr nahe zu stehen, die drei Brüder.«

Tom nickte. »O ja. Ich bezweifle, daß irgend etwas sie trennen könnte. Aber das heißt nicht, daß ihr . . . magischer Kreis sich nicht für Außenseiter öffnen könnte. Es würde ihren Kreis nur verstärken.« Mit dieser rätselhaften Bemerkung schlenderte er davon.

Maggie starrte ihm nach und zuckte zusammen, als eine andere Stimme – heiser und ein bißchen unsicher – erklang.

»Ich muß mit dir reden!«

Mißtrauisch schaute sie Rafe entgegen, dann sagte sie vorsichtshalber, bevor er weitersprechen konnte: »Es tut mir leid.«

Die Hände in die Hüften gestemmt, starrte er auf sie herab. »Was?« Es bedeutete keineswegs, daß es nichts gab, wofür sie sich entschuldigen mußte, sondern eher, daß eine ganze Liste von Sünden existierte und er wissen wolle, auf welche sie sich bezog.

Maggie verschränkte die Hände und wagte kaum, Rafe in die Augen zu sehen. »Nun ja – alles. Es tut mir leid, daß die Scheune brannte, und daß ich unhöflich war und hysterisch deinen Brüdern gegenüber. Es tut mir leid, daß du mir in die Halle nachkommen mußtest . . .«

»Ist das alles?« fragte er kurz.

Nun, all das, was sie aufgezählt hatte, tat Maggie wirklich leid. Aber ich lasse mich eher hängen, dachte sie rebellisch, bevor ich mich noch für etwas anderes entschuldige! »Das ist alles.«

Rafe holte tief Luft, dann sagte er mit mühsam unterdrücktem Zorn: »Du hättest dabei umkommen können, du kleine Idiotin! Was hast du dir bloß dabei gedacht, in die brennende Scheune zurückzurennen?«

Maggie versteifte sich unwillkürlich. »Das weißt du verdammt gut! Ich wollte Warlock herausholen!« antwortete sie in ähnlich gereiztem Ton wie Rafe. »Und ich würde es jederzeit wieder tun! Kritisiere mich bloß nicht dafür, du arroganter . . .«

Erstaunlicherweise begann Rafe zu lachen. Seine schwarzen Augen funkelten amüsiert, und ein übermütiges Lächeln erschien um seine Lippen. »Ich hatte mir schon Sorgen gemacht, Mädchen«, bemerkte er heiter. »Nach dieser ganzen Entschuldigerei dachte ich, du hättest dein Temperament verloren!«

Maggie starrte ihn verwundert an.

Plötzlich riß er sie in die Arme und zog sie fest an sich. »Du hast mir einen tödlichen Schrecken eingejagt mit deinem Stunt«, sagte er gepreßt. »Weißt du nicht, daß ich lieber jedes Pferd verlieren würde, bevor ich dich aufgäbe?«

»Selbst ein Pferd, das sein Gewicht in Geld wert ist?« flüsterte sie atemlos.

»Selbst das.« Er trat zurück und betrachtete sie. »Es hätte mir das Herz gebrochen, wenn wir Warlock verloren hätten, aber wenn ich dich verlöre, hätte ich kein Herz mehr, das brechen könnte. Oder ein Leben, das wert wäre, gelebt zu werden. Ich liebe dich, Maggie.«

Sie spürte, wie ihr Herz ihm zuflog, als sie nun endlich begriff, was sie bisher nicht hatte sehen wollen. Dieser Mann, dieser stattliche, stolze Mann, der eine ebenso stolze Familie im Rücken hatte, dieser starke, charmante Draufgänger – er war verwundbar. Denn er liebte und gab zu, daß er liebte, ohne die geringste Sicherheit zu besitzen, daß seine Liebe auch erwidert wurde.

»Ich . . . ich will meine Ranch nicht mehr«, sagte Maggie in unsicherem Ton. »Und deine will ich auch nicht. Ich will nur dich.«

Rafe wurde ganz still. »Warum?« fragte er tonlos.

»Weil . . . ich dich liebe. Ach, Rafe, ich liebe dich so sehr!«

Mit zitternden Händen umfaßte er ihr Gesicht. »Ich hoffe, es ist dir ernst, Maggie«, flüsterte er. »Ich nehme dich beim Wort.«

»Es war mir nie etwas ernster, Rafe.«

Er küßte sie zärtlich und hob sie dann auf seine Arme. »Es wurde auch langsam Zeit!« sagte er heiser.

Und Maggie schämte sich nicht, als lauter Applaus erklang, während Rafe sie zum Haus hinübertrug.

Sie war höchstens froh, daß die Untertanen des Königs seine Wahl zu akzeptieren schienen.

9

»Stellen Sie das Dinner in den Backofen, Mrs. Taylor, ja?«

Maggie hob den Kopf nicht von Rafes Schulter, bis die Küchentür hinter ihnen zugefallen war, und auch dann sagte sie nur: »Es stört dich wohl nicht, wie sehr du mich in Verlegenheit bringst?«

Rafe trug sie mit großen Schritten zu seinem Schlafzimmer. »Mein Liebling«. sagte er rauh, »die ganze Ranch weiß inzwischen, daß ich meine Dame endlich für mich gewonnen habe. Warum sollte Mrs. Taylor eine Ausnahme sein?«

»Es ist nur dein unerträglicher Delaneystolz«, sagte Maggie düster. »Du *mußt* meine Niederlage einfach überall bekanntmachen.«

»Und ich dachte, es wäre meine«, murmelte er.

Maggie schnaubte, aber sie lächelte und schaute ihn zärtlich an. Merkwürdigerweise empfand sie weder Nervosität, noch Unsicherheit, noch Angst, und auch das war nichts als ein Beweis ihrer Liebe zu Rafe. Ihre letzten Zweifel waren verflogen.

Plötzlich merkte sie, daß sie die Tür zu seinem Zimmer erreicht hatten und er stehengeblieben war. Lächelnd schaute sie in seine dunklen Augen. »Hast du Bedenken?«

»Nein. Wirst du mich heiraten?«

Fast hätte sie gelacht. »Ist die Antwort auf diese Frage die Voraussetzung zum Überschreiten dieser Schwelle?« fragte sie amüsiert.

»Ja.«

»Läßt du mich herunter, wenn ich nein sage?«

Rafe preßte die Lippen zusammen, und seine schwarzen Augen flackerten leicht, aber er sagte ruhig: »Ja.«

»Du meinst . . .« Maggie begann mit seinem Haar zu spielen und streifte mit geistesabwesender Miene ihre Schuhe ab – »daß du, obwohl ich dich liebe und nicht ohne dich leben kann und nicht nein sagen würde, selbst wenn du keine Bindung wolltest, auf einem Ring und einem Versprechen bestehst?«

»Genau«, erwiderte er leise. »Jetzt erst recht. Ich liebe dich, Maggie. Wirst du mich heiraten?«

»Sobald du einen Priester findest«, sagte sie lachend.

Rafes Gesicht hellte sich bei ihren Worten auf, und Maggie stockte der Atem, als sie die wilde Zärtlichkeit in seinen Augen sah. Er küßte sie rasch, trug sie ins Schlafzimmer und stieß mit dem Fuß die Tür hinter ihnen zu. Maggie sah sein Zimmer kaum; sie hatte nur Augen für Rafe. Aber das geräumige Doppelbett entging ihr nicht.

Rafe setzte sich neben ihr auf die Bettkante, und ein heller Sonnenstrahl, der durchs Fenster drang, ließ ihr blondes Haar aufleuchten. Rafe legte seine Hände um ihr schmales Gesicht und sah sie an, als eröffnete sich ein Paradies vor seinen Augen.

Dann senkte er den Kopf und verteilte sanfte Küsse auf ihre Wangen und ihren Hals. Eine seiner Hände spielte in ihrem Haar, während er mit der anderen langsam ihre Bluse aufknöpfte. Maggie schlang Rafe die Arme um die Hüften und zog sein Hemd aus seinem Hosenbund.

Um ihre Bluse von den Schultern zu streifen, mußte sie sich einen Moment von Rafe lösen, aber dann kehrten ihre Hände zu den Knöpfen seines Hemds zurück. Während er sich davon befreite, ließ sie ihre Fingerspitzen bewundernd über seine breite, muskulöse Brust gleiten und strich zärtlich über das feine, weiche Haar, das seine glatte Haut bedeckte. Eine ungewohnte Hitze breitete sich dabei in ihr aus, und ihr Herzschlag nahm einen beängstigend schnellen Rhythmus an.

Sie stöhnte leise auf und umfaßte seine Schultern, als Rafe behutsam die Stelle zwichen ihren vollen Brüsten küßte und seine Lippen über ihren flachen Bauch gleiten ließ. Er löste den Verschluß ihrer Jeans, und das feste Material rutschte rauh über ihre Haut, als es zu Boden glitt. Maggie schob die Hose mit dem Fuß beiseite, als Rafe sich aufrichtete und sie an sich zog. Sein Körper verriet eine Erregung, die das Produkt zu vieler schlafloser Nächte war und eines Verlangens, das er viel zu lange unterdrückt hatte.

Er stöhnte bei der Berührung auf und küßte Maggie auf eine Art, die ein Zittern in ihr auslöste. Wenn er sie nicht festgehalten hätte, wäre sie sicher nicht fähig gewesen, sich auf den Beinen zu halten. Atemlos klammerte sie sich an ihn – bereit, ihm ihr Herz und ihre Seele zu schenken.

In fieberhafter Eile entfernte er den letzten Rest von Kleidung, der sie noch voneinander trennte, dann bückte er sich, um die Bettdecke zurückzuziehen, und legte Maggie auf das breite Bett. Sekunden später lag er neben ihr, aber keine seiner Berührungen und Zärtlichkeiten verriet Eile. Es war, als gehörte ihm alle Zeit der Welt und als sei er bereit, ihr Liebesspiel so lange wie möglich auszukosten. Er streichelte Maggie, als wäre sie etwas unendlich Kostbares für ihn – etwas, nach dem er lange vergeblich gehungert hatte.

Die leichte Berührung seiner rauhen Hände auf ihrer Haut löste ein erwartungsvolles Beben in ihrem Körper aus, und es war Maggie kaum bewußt, daß sie leise aufstöhnte, als sein Mund eine ihrer rosa Brustspitzen umschloß. Sie verschränkte ihre Finger in seinem Haar und umklammerte seine Schultern, um ihn noch fester an sich zu ziehen. Sie hatte das Gefühl, in Flammen zu stehen, und eine zunehmende, süße Spannung erfaßte sie, die sie auf etwas zutrieb, das ihr unbekannt war und das sie nur rein instinktiv spüren und erhoffen konnte.

Rafes hungrige Zärtlichkeiten, und das sanfte, unglaublich erotische Streicheln seiner Hände schürten das Feuer, bis ihr Blut wie flüssige Lava durch ihre Adern rann. Maggie war nicht imstande, sich ruhig zu verhalten, konnte kaum atmen, und war nicht fähig, das Stöhnen zu unterdrücken, das in ihrer Kehle aufstieg. Sie ließ ihre Hände über seinen Rücken gleiten, knetete seine ausgeprägten Muskeln und strich mit dem Zeigefinger über seine Wirbelsäule. Und ganz instinktiv öffnete sie die Schenkel, als er sich aufstöhnend über sie beugte.

Maggie hörte sich seufzen, flehen und heisere Bitten aussprechen, auf die Rafe mit rauher Stimme antwortete, und sie stieß einen lauten Schrei aus, als er sich ganz mit ihr vereinigte. Es war ein Schock für sie, aber nur sekundenlang, dann stieg ihr Verlangen in ungeahnte Sphären. Sie hob Rafe einladend die Hüften entgegen und schloß sich seinem Rhythmus an, der ihren Körper in einen sinnlichen Tanz mitriß.

Eine unerträgliche Spannung wuchs in ihr, bis sie es nicht mehr auszuhalten glaubte und mit einem erlösten Aufschrei den Höhepunkt ihrer Ekstase erreichte. Es war ein Gefühl, das in seiner Intensität fast nicht zu ertragen war . . .

Rafe konnte nicht aufhören, sie zu berühren. Seine Hände glitten suchend, streichelnd, forschend über ihren Körper, und Maggie hatte nichts dagegen. Sie schmiegte sich sogar noch fester an ihn und merkte kaum, daß es immer dunkler im Zimmer wurde. Sie wollte nichts, als in seiner Nähe sein, ihn berühren, seine

Arme um sich spüren und seinen Herzschlag an ihrer Wange fühlen.

In seinen Armen fühlte sie sich sicher, hatte endlich das Gefühl, nach Hause gefunden zu haben, und mit kindlichem Vertrauen schlief sie schließlich ein.

Nur einmal erwachte sie in dieser Nacht, als der Mondschein das neu erwachte Feuer in Rafes dunklen Augen zeigte. Freudig schmiegte sie sich in seine Arme, denn es war der Beweis, daß sie nicht nur wilde Pferde zähmen konnte, sondern auch wilde Männer.

Maggie spürte warme Sonnenstrahlen auf ihrem Gesicht und drehte den Kopf, um Schatten zu suchen. Dabei erwachte sie, aber sie öffnete noch nicht die Augen, und versuchte zu ergründen, was sie störte. Die Sonne, dachte sie verschlafen. Die *Morgen*sonne. Aber nachmittags hatte sie doch auch die Sonnenstrahlen gespürt, nicht wahr? Die Fenster ihres Zimmers gingen nicht in beide Richtungen.

Nur Rafes Fenster.

Sie schug die Augen auf und schaute in Rafes Gesicht. Er hatte sich halb aufgerichtet und betrachtete sie zärtlich.

»Guten Morgen . . .« sagte sie etwas unsicher.

Sein Lächeln vertiefte sich. »Guten Morgen«, erwiderte er höflich.

»Wie spät ist es?« Es war ihr ziemlich gleichgültig, doch sie hielt es für angebracht, zu fragen. Außerdem mußte sie etwas sagen, und da sie keine Erfahrung hatte, worüber man mit einem Mann im Bett sprach . . .

»Gegen acht, glaube ich.« Er strich ihr eine blonde Strähne aus dem Gesicht und ließ seinen Zeigefinger über ihr Kinn gleiten.

Aus irgendeinem Grund, den Maggie nicht ganz

verstand, nahm ihr diese Geste ihre Scheu. Sie lächelte Rafe an und hob die Hand, um auch ihm eine Locke aus der Stirn zu streichen – etwas, was sie schon seit Wochen gern getan hätte. Dann wurde ihr bewußt, was er gesagt hatte. »Acht Uhr? Du lieber Himmel, ich habe seit Jahren nie länger als bis sechs geschlafen.«

»Du hattest gestern einen anstrengenden Tag, Darling«, erinnerte Rafe sie. »Und deshalb nehmen wir uns heute frei.« Er dachte nach, während sie ihn schweigend anschaute. »Wenn ich es recht bedenke, könnten wir auch gleich eine ganze Woche Urlaub machen.«

»Aber die Pferde. Die Arbeit . . .« protestierte Maggie schwach und war erstaunt über sich selbst. Sie hatte keinen Urlaub mehr gehabt – oder gewollt – seit sie sechzehn gewesen war.

Rafe beugte sich vor und küßte sie zärtlich. »Es gibt genug Leute auf Shamrock, die sich um die Pferde kümmern können.« Seine Lippen streiften ihre Wange, und seine schwarzen Augen maßen sie mit einem erwartungsvollen Blick. »Ich glaube, wir haben es verdient, ein bißchen ungestört zu sein, Maggie-Darling.«

Maggie spürte eine angenehme Schwäche in ihrem Körper erwachen, die sehr schnell von bebender Erwartung und drängendem Verlangen ersetzt wurde. Als Rafes Gewicht sie tief auf die Matratze drückte, schlang sie ihm die Arme um den Nacken und verbannte zum ersten Mal seit Jahren leichtfertig die Arbeit aus ihren Gedanken . . .

Obwohl Maggie Rafe als ausdrucksvollen Mann kannte, war sie doch nicht vorbereitet auf die überschwengliche Art, in der er nun seine Gefühle zu demonstrieren begann. Im Bewußtsein, zu lieben und wiedergeliebt zu werden, zeigte er sich zärtlich, leidenschaftlich und voller Zuneigung, Fröhlichkeit und Humor. Er berührte und beobachtete Maggie fast permanent. Und er strahlte. Sein ganzes Gesicht, seine Augen, sein Lächeln – alles strahlte an ihm.

Einigen Frauen wäre es vielleicht zuviel gewesen, weil es erschreckend sein konnte, so wichtig für das Glück eines anderen Menschen zu sein, aber für Maggie bedeutete es keine Last. Zum erstenmal in ihrem Leben erfuhr sie, wie es war, geliebt zu werden und ein Vertrauen zu genießen, auf dessen Ausmaß sie nie zu hoffen gewagt hätte, und diese Sicherheit ermöglichte es ihr, mit gleicher Liebe darauf zu antworten.

Während die Tage verstrichen, wurden Rafe und Maggie immer unzertrennlicher. Bis zum Wochenende ließen sie sich nicht bei den Hallen sehen, und auch dann gingen sie nur hinunter, weil Maggie darauf bestand. Rafe hatte protestiert und sich geweigert, seine Stiefel anzuziehen, aber Maggie hatte ihn hinausgezogen, damit er die Arbeit an der neuen Halle überwachte. Und beide waren gerührt gewesen, als jeder einzelne Angestellte der Ranch ihnen zu ihrem so offensichtlichen Glück gratulierte.

Im Hause verbrachten sie die Zeit, wie es unter Liebenden üblich war – indem sie zusammen waren. Sie schliefen lange, teilten Tisch, Bett und Dusche, Ansichten und Geheimnisse.

Eines dieser Geheimnisse entdeckte Maggie eines Tages ganz durch Zufall, als sie in Rafes Schrank nach einer Bluse suchte. (Mrs. Taylor hatte ihre ganz eigene Art, ihre Billigung ihrer Beziehung zu beweisen: Sie hatte Maggies sämtliche Kleider in Rafes Schlafzimmer geräumt.) Rafe rasierte sich im Badezimmer und sang fröhlich vor sich hin, und Maggie lächelte beim Zuhören. Es war ein Lied über irische Augen.

Als sie nach ihrer Bluse griff, stieß ihr Fuß gegen einen großen Pappkarton auf dem Schrankboden, aber sie zog die Bluse an, bevor sie sich danach bückte. Ein vertrauter Duft stieg aus dem Karton auf, und Maggie zögerte verwirrt. Doch als sie ihre Bluse zugeknöpft hatte, konnte sie ihrer Neugier nicht mehr widerstehen.

Als Rafe wenig später ins Schlafzimmer kam, starrte Maggie ihn empört an.

»Was ist los?« fragte er und nahm augenblicklich den Ausdruck eines beschämten Hundes an.

»Man sollte dich einsperren«, sagte sie kopfschüttelnd. »Es ist gefährlich, dich frei herumlaufen zu lassen. Deine Brüder müssen ein Vermögen gezahlt haben, damit du nicht im Irrenhaus landest – wohin du eigentlich gehörst.«

Rafe machte ein verletztes Gesicht. »Also wirklich, Maggie, wie kannst du so etwas sagen? Wie kommst du darauf, ich könnte verrückt sein?«

Sie trat beiseite und zeigte auf das Bett, auf dem ausgebreitet ein fransenbesetzter Wildlederanzug und indianischer Federschmuck lagen.

»Du hast mich ganz schön zum Narren gehalten«, sagte sie gelassen. »Ich dachte mir gleich, daß du es warst, aber dieser Zimtgeruch hat mich verwirrt.« Sie hob einen kleinen Lederbeutel auf und schwenkte ihn anklagend. »Zimt in einem Lederbeutel! Der Geruch war so stark, daß ich ihn einfach nicht mit dir in Verbindung bringen konnte.«

»Habe ich das Recht, mich zu verteidigen?« fragte Rafe.

»Ich wüßte nicht, wie«, erwiderte sie streng. »Du hast nicht nur mir einen Trick gespielt, sondern der ganzen Ranch! Diese *rührende* Geschichte über den ›Kußräuber von Shamrock‹, der angeblich jedes Frühjahr hier erscheint! Rafe, du . . .«

Er trat vor und ergriff ihre Hände.

Minuten später sagte sie mit schwacher Stimme: »Das ist nicht fair, Rafe.«

Er küßte ihren Nacken. »Hm . . . aber irgendwie mußte ich dich in den Armen halten, Maggie-Darling, und damals hast du mich ja kaum an dich herangelassen.«

»Nicht an mich herangelassen?« protestierte Maggie, in einem vergeblichen Versuch, zu sachlichen Argumenten zurückzufinden. »Ich konnte dich nicht aufhalten, du dreister . . .« Sie brach ab, und erst sehr viel später fügte sie ergeben hinzu: »Ach, verdammt.«

Aus dem zerquetschten Zimtbeutel stieg ein scharfer Geruch auf, der sich im ganzen Raum verteilte, aber weder Rafe noch Maggie merkten es.

Sie verbrachten einen ganzen Tag im ›Archiv‹, wie Rafe den Raum nannte, den Maggie im ältesten Teil des Hauses entdeckt hatte und der Rafes Sammlung von Bierkrügen und die Landkarten und Tagebücher der Delaneys enthielt. Rafe zeigte ihr die Aufzeichnungen des alten Shamus', den lebhaften, freimütigen Bericht eines starken Mannes aus rauhen Zeiten; eines Mannes, der unglaublich starken Familiensinn und beachtliche Willenskraft besessen hatte.

»Er hat es wirklich so gesagt!« Maggie hockte auf den Kissen, die sie aus dem Wohnzimmer mitgebracht hatten, und schaute lachend von den vergilbten Seiten zu Rafe auf. »Er hat tatsächlich gesagt, er würde eine Dynastie gründen!«

Rafe lachte leise. »An Hochmut hat es ihm nicht gefehlt, was?«

»Ich glaube, Hochmut kann man es nicht nennen. Er ist ihm schließlich gelungen, nicht wahr?« Sie warf einen

Blick auf das Tagebuch, das Rafe durchblätterte. »Wem gehörte das?«

»Falcon Delaney.« Er schüttelte den Kopf. »Ein merkwürdiger Vogel. Sehr gut erzogen für seine Zeit, und auch ein bißchen mysteriös. Er hat einige Jahre als Texas-Ranger gearbeitet.«*

»Inwiefern mysteriös?« fragte Maggie neugierig.

Rafe hielt das ledergebundene Buch hoch. »Weil er mehr ausgelassen als berichtet hat in diesem Buch. Es gibt einige rätselhafte Bemerkungen über bedeutende Männer seiner Zeit, und einige der Eintragungen sind kodiert.«

»Ihr habt nie versucht, den Kode zu entziffern?«

Rafe lächelte entwaffnend. »Keiner hat sich je die Mühe gemacht, und ich konnte mich nie dazu überwinden. Ich hatte immer ein bißchen Angst, die kodierten Eintragungen könnten etwas ganz Normales und gar nichts Aufregendes enthüllen. Solange der Kode nicht zu verstehen ist, kann ich meiner Phantasie freien Lauf lassen.«

Maggie betrachtete Rafes starkes, ungewöhnliches Gesicht, seine herrlich ausdrucksvollen schwarzen Augen, und fühlte, wie ihr Herz einen Schlag aussetzte vor Liebe zu ihm. »Weißt du eigentlich, wie sehr ich dich liebe?« fragte sie ernst.

»Sag es mir«, murmelte Rafe und streckte die Arme nach ihr aus.

---

* Vgl. Band 58 500 »Die wilden Jahre der Delaneys – Der stolze Falke« und Band 58 501 »Die wilden Jahre der Delaneys – Der Glanz des Goldes«

Merlin tauchte zum ersten Mal nach vielen Tagen auf, dünn und ziemlich unruhig, und verschwand wieder, sobald er etwas gefressen und ein kurzes Schläfchen auf Rafes Sessel gehalten hatte.

»Wir hätten ihn einsperren sollen«, sagte Maggie besorgt zu Rafe. »Er sieht aus, als könnte er ein paar gute Mahlzeiten gebrauchen. Weiß er denn nicht, wo er zu Hause ist?«

»Natürlich weiß er das, Maggie.« Rafe zog sie zu sich auf die Couch. »Aber du weißt ja, wie Kater im Frühling sind . . .«

Sie lächelte und verschränkte ihre Arme hinter seinem Nacken. »Du bist bisher nicht auf Wanderschaft gegangen«, sagte sie lächelnd.

»Aber nur, weil ich hier alles habe, was ich brauche«, erwiderte er mit einem zärtlichen Kuß. »Ein irisches Mädchen, das mein Herz gefangenhält.«

Maggies Lächeln vertiefte sich, als sie den zärtlichen Ton in seiner Stimme hörte. »Hast du gemerkt, wie irisch du selbst geworden bist? Mit jedem Tag mehr, Rafe. Du hast zwar keinen irischen Akzent, aber deine Stimme hat einen typisch irischen Tonfall angenommen.«

»Stört es dich?«

»Ob es mich stört?« Sie lachte leise. »Es macht dich nur noch liebenswerter, Darling.«

»Ich liebe dich«, flüsterte er, und sie vergaß alles über Kater.

Am Freitagmorgen, während Maggie im Wohnzimmer saß und einen alten spanischen Sattel reinigte, der ebenfalls zum Delaney-Nachlaß gehörte, erschien ein Botenjunge. Rafe empfing ihn an der Haustür, kam zu Maggie zurück und warf ihr einen großen Umschlag in den Schoß.

Sie legte das Tuch beiseite, mit dem sie das Leder poliert hatte, und nahm den Umschlag auf. »Was ist das?«

Rafe lächelte, aber sein Blick war ernst. Er beantwortete ihre Frage nicht und sagte nur: »Du hast noch immer gewisse Bedenken, was uns betrifft, nicht wahr, Maggie?«

Sie schaute ihn lange an, dann holte sie tief Atem und nickte. »Ich kann es nicht in Worte fassen«, gab sie aufrichtig zu, während sie aufstand, um sich neben Rafe auf die Couch zu setzen, den Umschlag noch immer in der Hand. »Es ist nur das Gefühl, daß ich irgendwie . . . unpassend bin. Ich meine, du weißt, woher du kommst, du kennst deine Abstammung. Und deine Geschichte. Ich weiß praktisch nichts von mir.«

Sie hob die Hand, als Rafe sie unterbrechen wollte. »Oh, ich weiß, dich interessiert das alles nicht. Im Grunde ist es auch für mich nicht wichtig – obwohl ich zugebe, daß ich gern die Möglichkeit hätte, ein bißchen mehr über meine Familie zu erfahren.«

Sie lachte etwas unsicher. »Es sind keine Bedenken, Rafe. Es sind auch keine Zweifel. Und es hat nichts mit *uns* zu tun, nur mit mir selbst. Ich weiß, wer ich bin und wo ich bin. Und doch wüßte ich gern, woher ich komme.«

Rafe tippte mit der Fingerspitze auf den Umschlag. »Dann lies, was darin steht, Maggie. Dann weißt du es.«

»Was?«

Er lächelte über ihre verwirrte Miene. »Ich konnte verstehen, was du empfandest . . . diese Unsicherheit über deine Abstammung und deine Familiengeschichte, und ich wußte, daß es dich belastete. Deshalb habe ich vor einiger Zeit Cougar Jones angerufen, den Sicherheitschef der Delaneyunternehmen, und ihn gebeten, etwas über deine Familie ausfindig zu machen. Er kannte zufällig jemanden im Osten, der sich mit solchen Dingen befaßt – und hier hast du es.«

Maggie schaute auf den Umschlag, dann sah sie Rafe mit glänzenden Augen an. »Das hast du für mich getan?«

Er beugte sich vor und küßte sie zärtlich auf den Mund. »Unter einer Bedingung«, sagte er dann streng. »Wie schon gesagt, deine Abstammung interessiert mich nicht. Du wirst mich also trotzdem heiraten, egal, wie viele Pferdediebe unter deinen Vorfahren waren, kapiert?«

Maggie nickte schwach und öffnete den Umschlag.

Wer auch immer das Material zusammengetragen haben mochte, Maggie sah auf den ersten Blick, daß er gründliche Arbeit geleistet hatte. Neben einem detaillierten Familienstammbaum existierte eine biographische Sammlung der Familiengeschichte der O'Rileys. Der Name war mehr als einmal geändert worden, genau wie der Name Delaney, gab Rafe zu. Beide beugten sich neugierig über die Papiere.

»Kannst du dir das vorstellen?« bemerkte Maggie amüsiert. »Ich bin durch und durch irisch – fast bis zum Paradies zurück!«

Rafe begann plötzlich zu lachen und deutete auf einen Namen. »Den kenne ich«, sagte er heiter.

»Sag bloß nicht . . .?«

»Doch. Er war ein Pferdedieb. Ein sehr berühmter sogar.« Rafe grinste Maggie an. »Ich habe dir ja gesagt, daß wir ein phantastisches Team sein werden. Meine Vorfahren waren Rinderdiebe, und deine Pferdediebe!«

»Nun ja«, meinte Maggie trocken, »immerhin wissen wir, wie wir uns neue Tiere beschaffen können, falls wir einmal alle verlieren sollten, was?«

Rafe zog sie plötzlich in die Arme. »Weißt du, daß du zum erstenmal *wir* gesagt hast?«

»Es klingt nicht schlecht«, murmelte sie lächelnd.

»Es klingt großartig.« Dann zog er einen kleinen schwarzen Samtkarton aus der Jackentasche. »Ich habe lange darauf gewartet.«

Maggie starrte auf das Kästchen und machte große Augen, als Rafe den Verschluß öffnete und sie einen Ring darin entdeckte. Es schien ein sehr alter Ring zu sein, und er war mit einem herrlichen Opal besetzt, umgeben von winzigen Diamanten. Der Opal versprühte ein rosa angehauchtes grünes Feuer, während die Diamanten wie Sterne am dunklen Nachthimmel funkelten.

»Kein traditioneller Verlobungsring«, sagte Rafe leise, während er Maggie scharf beobachtete. »Aber dafür ein ganz besonderes Stück. Ein spanischer Don brachte den Stein aus Mittelamerika mit und ließ den Ring für seine Delaneybraut anfertigen. Ich habe ihn zu einem Juwelier gebracht, um ihn reinigen zu lassen. Der Opal ist dein Geburtsstein, nicht wahr, Maggie?«

Sie schaute ihn an und nickte, zu gerührt, um etwas sagen zu können.

»Ich glaube, er paßt. Sie hatte auch sehr zarte Hände.« Er nahm den Ring aus dem Kästchen und streifte ihn auf den Ringfinger von Maggies linker Hand. Er paßte perfekt.

»Rafe . . .«, sagte sie mit heiserer Stimme, und ihre Augen verrieten, was sie nicht über die Lippen brachte.

Rafe zog sie in seine Arme zurück, und keiner von beiden merkte, daß die Papiere aus dem Umschlag unbeachtet zu Boden fielen.

»Morgen früh muß ich nach Tucson fliegen«, teilte Rafe Maggie sehr viel später an diesem Abend mit. »Eine Aktionärsversammlung. Willst du mitkommen? Du könntest dir die Stadt ansehen.«

Maggie schmiegte sich zufrieden an seine Schulter. »Nein, du wirst beschäftigt sein. Außerdem möchte ich mich wenigstens einmal bei den Ställen sehen lassen.«

»Wie du meinst.«

»Ja.« Sie war fast eingeschlafen, als ihr etwas einfiel. »Nehmen deine Brüder auch an der Versammlung teil?«

»Natürlich.«

Etwas unbehaglich sagte sie: »Du kamst aus Hell's Bluff zurück, als hättest du an einem Kriegszug teilgenommen, und deine Brüder waren hier, um ein Feuer zu bekämpfen. Was wird in Tucson passieren?«

»Nichts als eine langweilige Aktionärsversammlung«, versicherte er. »Burke wird uns einiges erzählen, was wir nicht verstehen, und York und ich werden uns zu Tode langweilen. Etwas anderes passiert bei solchen Versammlungen nicht.«

Doch Maggie blieb ernst. »Aber jemand hat auf Burke geschossen, als er hier war, und York getroffen.« Sie holte tief Luft. »Sei bitte vorsichtig, Rafe. Vielleicht solltet ihr euch besser einen Bunker für eure Zusammenkünfte bauen lassen.«

Rafe lachte leise. »Es wird schon nichts passieren. Der Turm verfügt über exzellente Sicherheitseinrichtungen, und Cougar wird über uns alle wachen.«

Maggie war dennoch nicht völlig beruhigt, aber als Rafe sich am nächsten Morgen anzog, vergaß sie über seiner veränderten Erscheinung alles andere. »Du siehst aus wie ein Teufel in Engelsverkleidung«, sagte sie vom Bett her.

»Danke«, meinte Rafe trocken.

Er war von Kopf bis Fuß in Weiß geklcidet – sein dreiteiliger Anzug, sein Hemd, seine Krawatte und seine Schuhe – alles weiß. Während ein anderer Mann vielleicht ein bißchen albern in diesem Aufzug gewirkt hätte, paßte er hervorragend zu Rafe. Er beabsichtigt, so förmlich wie möglich in Tucson zu erscheinen, dachte Maggie belustigt, und hat doch nur erreicht, daß er noch draufgängerischer als sonst aussieht.

Da sie den geliebten Mann inzwischen kannte, zog sie spöttisch eine Braue hoch. »Soll es ein Protest sein?« fragte sie.

Rafe lächelte. »So ähnlich. Burke will, daß wir bei diesen verdammten Zusammenkünften wie Geschäftsmänner aussehen. Einmal habe ich mir einen Overall von einem Mechaniker ausgeliehen und bin damit erschienen. Fast hätte Burke mich niedergeschlagen.«

Maggie grinste. »Nun, heute wird er bestimmt auch überrascht sein.«

Rafe ging zum Bett, bückte sich und küßte sie. »Ich erzähle dir später, wie er reagiert hat. Übrigens habe ich ein Geschenk für dich.«

»Wirklich?«

Er richtete sich lächelnd auf. »Es ist in einem Kasten, hier im Haus. Irgendwo. Du brauchst es nur zu suchen.«

Maggie brauchte einen Moment, um seine Motive zu begreifen, und hielt ihn gerade noch rechtzeitig auf, bevor er das Zimmer verlassen konnte. »Rafe! Das sagst du nur, um mich am Arbeiten zu hindern! Vermutlich suche ich das ganze Haus ab und finde nichts.«

»Wer suchet, der findet«, erwiderte er ruhig. »Und ich weiß, daß du suchen wirst, Maggie. Du besitzt zuviel irisches Blut, um nicht neugierig zu sein«, fügte er mit einem Zwinkern hinzu.

Maggie warf ihm ein Kissen nach, aber er hatte den Raum bereits verlassen.

Zwei Stunden später fand sie es. Fluchend, aber belustigt stieg sie auf einen Stuhl und zerrte den Karton vom obersten Brett des Regals, in dem Rafe seine Bierkrüge aufbewahrte. Sie fand ein wunderschönes Kleid darin. Ein herrliches Kleid aus violetter Seide, mit langen Ärmeln und einem tiefen V-Ausschnitt. Ein passendes Paar Schuhe lag ebenfalls im Karton.

Maggie hatte keine Ahnung, wann oder wo Rafe das Kleid gekauft hatte, aber darüber machte sie sich keine Gedanken, als sie es aus dem Karton nahm und sich vorhielt. Und nun entdeckte sie das kurze Begleitschreiben.

›Pack ein paar Sachen ein, Maggie – einschließlich dieses Kleids. Wir brechen sofort nach meiner Ankunft auf.‹

Wo will er denn hin? dachte sie verblüfft. Aber es mußte etwas sein, wofür sie ein formelles Abendkleid brauchte. Und dann erinnerte sie sich an Rafes Bemerkung, daß er und seine Brüder sich noch immer für das Essen am Tisch ihrer Mutter umkleideten. In Killara.

Killara?

Maggie hätte sehr gern den Ort gesehen, wo Rafe aufgewachsen war, das ursprüngliche Heim der Delaneys, das der alte Shamus so erfolgreich gegen die Angriffe von Apachen und mexikanischen Banditen verteidigt hatte. Sie wollte sehen, wo die Delaneys ihre Dynastie gegründet hatten. Sie wollte es wirklich alles sehen . . .

Aber sie wollte *nicht* Burke Delaney begegnen.

Beschämt erinnerte sie sich an ihr Verhalten während und nach des Feuers. Wie in aller Welt sollte sie dem amüsierten Blick Burkes grüner Augen standhalten? Darauf war sie noch nicht vorbereitet, würde es vermutlich nie sein.

Aber sie begann zu packen, denn sie kannte ihren Rafe.

Es war später Nachmittag, als sie ihn in der Küche hörte, wo er Mrs. Taylor fröhlich mitteilte, daß er und Maggie für ein, zwei Tage verreisen würden. Als er ins

Wohnzimmer kam, blieb ihr kaum Zeit, zu sehen, daß er Anzugjacke und Krawatte abgelegt und die Hemdsärmel aufgekrempelt hatte. Dann zog er sie auch schon in die Arme und preßte sie hart an sich.

»Ich habe dich vermißt, Darling.«

Sie schaute zu ihm auf und sah Spuren von Müdigkeit und Anspannung in seinem Gesicht, die keinem anderen als ihr aufgefallen wären. »Rafe, was ist in Tucson passiert?«

Er lächelte und strich ihr eine blonde Strähne aus der Stirn. »Zum Schluß war es nichts als ein Sturm im Wasserkessel«, sagte er. »Aber während er anhielt, war es ganz schön aufregend.« Sein Lächeln verblaßte, seine dunklen Augen wurden ernst. »Ich hatte nicht gemerkt, wie sehr gewisse Dinge unserer Kontrolle entglitten waren. Wie verwundbar wir alle durch . . . äußere Einflüsse sind. Diesmal war nicht ich das Opfer, obwohl ich es hätte sein können.«

»Deine Brüder?‹ fragte sie leise.

»Burke.« Er schüttelte den Kopf. »Ich erzähle es dir später. Jetzt möchte ich dir nur sagen, daß ich dich liebe, Maggie. Sehr.«

Sie schaute in seine zärtlich lächelnden Augen. Während sie ihm die Arme um den Nacken schlang, flüsterte sie: »Ich liebe dich auch.« Nach all dem war es nicht leicht, ihre Befürchtungen auszusprechen. Aber Maggie versuchte es. »Rafe, du willst doch nicht mit mir nach Killara fahren?«

»Doch, natürlich. Hast du gepackt?«

»Ja, aber . . .«

»Gut, dann können wir gleich aufbrechen.«

»Aber Rafe . . .«

»Wo ist dein Koffer?«

»Da, bei der Tür. Rafe . . .«

»Komm schon, Darling.«

Maggie zerrte an seinem Arm. »Rafe! Nach meinem lächerlichen Verhalten während des Feuers will ich deine Brüder nicht sehen. Denk doch nur, was für einen furchtbar schlechten Eindruck sie von mir haben müssen!«

Rafe lächelte auf sie herab. »Liebes Kind, meine Brüder werden demnächst deine Schwager sein. Und ich nehme jede Gelegenheit wahr, sie zu besuchen, und auch sie kommen her, wann immer es ihnen möglich ist. Willst du dich dann jedesmal im Kleiderschrank verstecken?«

Maggie stöhnte. »Ich glaube nur, ich bin noch nicht bereit dafür . . .«

»Hey!« Er legte seine Hand auf ihre Wange. »Abgesehen von deiner liebenswerten Persönlichkeit besitzt du die Fähigkeit, mich wahnsinnig glücklich zu machen. Und deshalb werden meine Brüder dich in ihr Herz schließen wie eine Schwester. Im übrigen . . .« Sein Lächeln wurde ein bißchen unsicher, eine Spur verlegen. »Ich muß nach Hause fahren, Maggie. Ich muß jetzt unbedingt Killara sehen. Kannst du das verstehen?«

Maggie lächelte gerührt, weil er ihr erlaubt hatte, seine Verwundbarkeit zu sehen. »Natürlich. Aber wenn deine Brüder versuchen, dir die Heirat mit mir auszureden, dann sag nicht, ich hätte dich nicht gewarnt.«

Rafe lachte und führte sie aus dem Haus. Auf dem Landeplatz verstaute er ihren Koffer im Hubschrauber und erklärte ihr, daß er selbst immer Kleider zum Wechseln auf Killara hatte. Dann befestigte er Maggies Sicherheitsgurt und ging zu seinem eigenen Platz. Minuten später erhoben sie sich in die Luft.

Sie sprachen kaum auf dem Flug nach Osten. Maggie war trotz der bevorstehenden Begegnung mit Rafes Bruder glücklich und begnügte sich damit, Rafes Profil und seine starken Hände zu betrachten, die geschickt den Hubschrauber lenkten. Sie erwiderte sein häufiges

Lächeln und fühlte sich zum ersten Mal seit Jahren rundum zufrieden.

Plötzlich merkte sie, wie Rafes Augen schmal wurden, und als sie sich umschaute, sah sie einen anderen Helikopter näherkommen. Auch er trug das Wappen der Delaneys. Burkes? Bevor sie fragen konnte, schnurrte die Maschine an ihnen vorbei, und sie erkannte flüchtig zwei Passagiere darin. Einer von ihnen grüßte Rafe mit erhobenem Daumen, und Rafe sprach hastig in das Funkgerät. Dann verstummte er und schien auf eine Antwort zu lauschen.

»Soso«, sagte er schließlich lachend zu Maggie. »Anscheinend ist der gesamte Clan zu Hause. Das war Deuce, ein Freund von York. York ist auch auf Killara.«

»Soll das heißen, ich muß sie *beide* sehen?« Maggie stöhnte.

Rafe nickte grinsend. »Komm nicht auf die Idee, aus dem Hubschrauber zu springen! Du hast keinen Fallschirm.«

Maggie brummte etwas vor sich hin, aber als sie einen Moment später die Bergkette überflogen, vergaß sie ihre Sorgen.

Es lag tief unter ihnen, in den rotglühenden Schein der untergehenden Sonne getaucht, in einem weiten Tal, das es wie eine schützende Hand umgab. Ein Ort, dachte Maggie, der von vergangenen Zeiten und Kämpfen zeugte, von viel Liebe und einer Familie, die immer und in allen Lebenslagen fest zusammengehalten hatte.

»Killara«, murmelte sie ehrfürchtig.

Rafe lächelte sie an, Zärtlichkeit und Liebe im Blick. »Killara«, bestätigte er und lenkte den Hubschrauber auf sein Zuhause zu.

ENDE

Band 18 050

Lorayne Ashton

Park Avenue

Deutsche Erstveröffentlichung

Jahre ist es her, daß Bradford Bryce sich in der Öffentlichkeit gezeigt hat, und so wissen auch nur wenige Vertraute, wie groß die Macht und der Einfluß des exzentrischen alten Mannes immer noch sind. So groß, daß sie das Schicksal zweier Frauen verhängnisvoll mitbestimmen.

Verushka Davidoff, deren Ehe längst zu einem Alptraum geworden ist, ahnt nicht, in welch tödlicher Abhängigkeit sich ihr Mann von Bryce befindet . . .

Dorothy Landower, die das Leben nicht mehr ertragen kann, als sie begreift, wie sehr sie von Bryce manipuliert worden ist . . .

BASTEI LÜBBE

Sie erhalten diesen Band im Buchhandel, bei Ihrem Zeitschriftenhändler sowie im Bahnhofsbuchhandel.

Band 18 051
Lorayne Ashton
Geheimnisse
Deutsche Erstveröffentlichung

Sie weiß, daß sie mit ihrem Wissen das Leben vieler Menschen zerstören könnte . . .

Madison Flagg, einst ein berühmter Autor und Liebling der Gesellschaft, ist ein verbitterter Mann geworden, denn sein Ruhm ist schon lange verblaßt.
Ein Mann, der Rache nehmen will an den Menschen, die ihn so gleichgültig behandeln.
Mabelle Tolliver scheint ihm die beste Verbündete bei seinen Plänen zu sein. Denn diese Frau kennt die intimsten Geheimnisse der Bewohner von 777 Park Avenue – und sie hat keine Hemmungen, sie ans Licht der Öffentlichkeit zu bringen . . .

BASTEI LÜBBE

Sie erhalten diesen Band im Buchhandel, bei Ihrem Zeitschriftenhändler sowie im Bahnhofsbuchhandel.